한국 프로야구 40년

그라운드는 패배를 모른다

한국 프로야구 40년
그라운드는 패배를 모른다

2021년 5월 3일 초판 1쇄 인쇄
2022년 10월 1일 초판 3쇄 발행

지 은 이　허구연
펴 낸 이　김영애
기　　획　성백유
편　　집　김배경
디 자 인　글리프
마 케 팅　윤수미
펴 낸 곳　SniFactory(에스엔아이팩토리)
등록번호　2013년 6월 3일 제2013-00163호
주　　소　서울시 강남구 삼성로 96길 6 엘지트윈텔1차 1402호
전화 02.517.9385　팩스 02.517.9386
dahal@dahal.co.kr　http://www.snifactory.com

ISBN　979-11-89706-68-5(03810)

가격　18,000원

한국 프로야구 40년

그라운드는 패배를 모른다

허구연 지음

다할미디어

PROLOGUE

한국 프로야구 40년을 말한다

“대학에서 강의를 하느냐? 해설자의 길로 가느냐?”를 놓고 고심한 끝에 시작한 프로야구 해설이 올해 40년째를 맞는다. 한국 프로야구 역사와 함께 세월을 보낸 셈이다. 프로야구가 출범하기 전 부상으로 은퇴한 후, 동아방송 라디오 중계방송에서 해설을 맡은 것이 해설자의 길을 걷는 계기가 됐다.

한국 야구는 오랜 역사를 지니고 있다. 전국체육대회(2021년 102회)의 시조가 1919년 전조선야구대회이다. 아마야구를 거쳐 프로야구가 탄생하기까지는 오랜 세월이 흘렀다. 미국, 일본보다 훨씬 늦게 출발한 한국 프로야구는 한국 사회가 발전해온 속도만큼이나 빠르고 강렬하게 압축 성장을 했다. 한국 야구를 아끼는 해설자이자

야구인으로서, 그 압축 성장의 현장을 함께해온 것이 내 인생의 기쁨이다.

프로야구 출범 당시 31세였던 나는 그 세부 상황을 정확하게 알 수 없는 위치에 있었다. 1981년 9월 프로야구 출범 계획을 처음 들었을 때도 성공과 지속성을 장담할 수 없는 분위기였다. 당시 1982년 세계야구선수권대회의 서울 개최를 앞두고 벌어진 대한야구협회와 프로 출범 조직 간의 갈등을 느낀 정도가 전부였다고 기억된다. 출범을 시작으로 숱한 사건과 영욕이 교차했던 프로야구다.

그 역사가 40년에 이르는 모습을 보면서 느낀 점 중 하나는 역사 보존과 사실 규명이 정확하지 않은 게 많다는 것이다. 게다가 사실을 알려줄 야구인들이 한두 분씩 타계하는 것을 지켜보면서 제대로 된 사실 확인이 필요하고 또 이를 후대에 전하는 것이 시급하다고 생각했다. 특히 출범, 구단의 매각, 인수, 창단에 관한 공개된 자료가 부족한 편이다. 구전으로 전달되는 역사 중에는 맞는 것도 있고, 잘못 전해지고 있는 것도 있다. 프로야구 40주년을 맞이하여 내 주변에서 발생했던 일이나 직접 관여했던 사건들을 기록으로 남겨야겠다는 생각을 하게 되었다.

그럼에도 출판 여부를 망설이고 있을 때, 성백유 기자를 만나 이 책을 출간하기로 결심했다. 2020년 12월이었다. 스토브리그 동안 자료 수집, 확인 작업 등으로 최선을 다했으나 부족하고 미비한 점이 있을 것 같아 걱정스럽기도 하다. 그래도 40주년을 맞는 한국 프로야구계를 되돌아보고 그 역사의 현장을 제대로 평가해 보는 것도 의미가 있다고 생각한다.

이 책을 내는 데 함께 고생한 성백유 기자, 곽서연 고문, 김인환 씨와 출판사 다할미디어 여러분께 감사의 마음을 전한다. 그리고 프로야구가 국내 최고의 스포츠로 자리 잡기까지 함께 한 수많은 야구팬들, 야구계 종사자와 야구인들, 미디어 종사자들에게 감사의 말씀을 드린다.

2021년 5월

허 구 연

목차

CONTENTS

03

한국 프로 야구의 별들

04

오늘도 그라운드를 달립니다

05

생애 한 번은 '드림팀'을 꿈꾼다

06

세계 속의 한국 야구

07

방송도 야구만큼 신나게

CHAPTER 01

구단이 태어나는 순간

BASEBALL STORY #01

세상에 한 생명이 태어나는 것처럼, 야구단을 만드는 작업 역시 어려운 과정의 연속이다. 번외자는 "그깟 야구팀 하나 만드는 건 일도 아니다"라고 할지 모르지만 그 과정을 들여다보면 너무나 복잡하다. 지자체의 적극적인 도움 없이는 그라운드를 확보하기 어려우며, 관중 확보를 위해 연고지의 인구도 최소 1백만 명을 넘어야 한다. 또 리그를 구성하고 있는 기존 구단의 반발도 상상을 뛰어넘을 뿐만 아니라, 구단을 만들려는 기업도 충족시켜야 할 조건이 많다. 이 모든 이해관계가 맞아떨어져야만 창단이 가능하다. 산고를 겪듯 까다롭고 힘든 과정이지만, 창단은 한국 야구계가 더 성숙하고 발전하는 계기가 되기도 한다.

운 좋게도 나는 8개 구단 체제에서 10개 구단 체제로 확대될 당시, 유영구 총재, 구본능 총재와 함께 그 중심에 있었다. 그 역사적 순간들과 이면을 기억하고 공유하기 위해 이 장을 연다.

99

운명의
만남이 있다

NC다이노스

2020 프로야구는 NC 다이노스로 시작해 NC 다이노스로 끝났다. 창단 9년 만에 얻은 통합우승. NC 우승 이후 '택진이 형', '집행검'이라는 단어가 인터넷 검색어에 등장할 정도로 인기였다.

운명. 사전을 찾아보니 '인간을 포함한 모든 것을 지배하는 초인간적인 힘. 또는 그것에 의해 이미 정해져 있는 목숨이나 처지'라고 되어 있다. 지금부터 11년 전, 나는 운명처럼 '김택진'이라는 한 사업가를 만났다. 프로야구 중계를 오래 했던 까닭에 나는 기업 사내 교육에 자주 초대되는 강사였다.

정확하게 2010년 4월 9일. 내 수첩에 적혀 있는 시간은 오전 10시부터였다. 나는 삼성동에 있는 NC소프트 사옥에 강의 차 초대를 받았다. 당시만 해도 생소하기 그지없는 회사였지만, 직원들을 대상으로 한 시간 반 동안 강연을 했다. 그리고 강의가 끝난 후 티타임 요청을 받아 NC소프트의 오너, 김택진을 만났다.

자그마한 체구에 부드러우면서도 영민한 모습으로, 좋은 느낌을 주는 인상이었다. 그는 깜짝 놀랄 정도로 야구에 대해 아주 많은 것을 알고 있었다. 무엇보다 내 마음을 끌었던 것은 큰 회사의 오너임에도 전혀 권위적이지 않다는 점이었다. 그런 느낌은 NC 다이노스 창단 후에도 똑같았다. 운동화 차림으로 백팩을 메고 미국 애리조나 전지훈련장에 나타나기도 했다. 야구뿐만 아니라 여러 스포츠를 좋아하는 듯했고, 대화가 통했다. 그 때의 인연이 내 뇌리 속에 남아 있었다.

그 강연 후 얼마 지나지 않아 한국프로야구위원회KBO가 신생 구단 창단 작업을 시작했다. 당시 유영구 총재의 부름을 받아 KBO 야구발전실행위원장을 맡고 있을 때였다. 첫 출근 날, 나는 티타임 중 유영구 총재에게 제9구단 창단을 제안했다. 이 때 히어로즈 문제 및 지방자치단체가 야구장 광고권·운영권을 모두 가져가는 오랜 불합리한 관행을 깨기 위해선 새로운 구단을 창단해야 한다고 주장했다. 그래서 광고권, 운영권, 네이밍 권리를 구단이 보유하도록 해야 함은 물론, 고교와 대학 신인 선수들이 드래프트에서 약 10%만 지명받는 현실 등을 개선해야 한다고 했다. 유 총재로부터 "한번 해 보세요"라는 답이 나왔다. 그날 이후 유 총재와 나는 열정적으로 기업 물색에 나섰다.

모든 조건에 앞서 가장 먼저 갖춰야 할 것이 야구장이었다. 잠

2020년 11월 24일 창단 후 첫 한국시리즈 우승 직후
집행검 세레머니 중인 NC 다이노스 선수들.

NC
DINOS
45
52
18

실 등 8개 구단 홈구장을 제외하고, 제대로 된 기존 야구장을 찾아야 했다. 그 중에서 시설도 괜찮고 인구가 많은 곳은 수원·창원이었다. 창원은 그때 마산, 진해와 통합(정식 출범은 2010년 7월 1일이다)했기 때문에 3개 시민의 동질성을 쌓기에 야구단 창단이 최고라는 명분이 확실했다. 나는 당시 박완수 창원시장을 찾아가 프로야구 창단을 권유했다. 박 전 시장은 야구장 신설 조건과 운영권, 광고권, 네이밍 권리 등을 보장하면서 흔쾌히 사인을 해줬다. 좋은 조건의 야구장 건설 계획이 손에 들어오니 몇몇 기업이 나섰다.

나는 유영구 총재에게 대상 기업 중에서 제조업이 아닌 아이디어가 넘치고 투자를 많이 할 수 있는 새로운 기업을 찾겠다고 했다. 강연 때 만났던 인연을 기억해 내가 추천한 곳이 바로 NC소프트였다. 게임소프트웨어 개발로 돈을 번 NC는 알짜 기업으로, 보유금만 해도 수천억 원에 달했다.

그러나 기존 구단의 반대가 심했다. 특히 같은 지역의 롯데는 결사반대의 뜻을 표했다. 롯데 사장은 "NC 같은 작은 회사가 야구판에 들어오면 금방 망할 것"이라는 격한 이야기도 서슴지 않았다. 언론은 연일 롯데의 반대를 보도했다.

나와 유영구 총재는 정면 돌파를 택했다. 당시 현대 선수단을 인수한 히어로즈가 돈을 받고 선수를 파는 등 불안한 운영을 했기 때문에 제9구단 창단은 불가피했다.

현대 해체 후 재창단했으며, 현대 선수단 전원을 인수했다.

2011년 2월 8일, KBO는 NC소프트를 제9구단 창단 우선 협상 대상자로 선정했다. 그리고 3월 22일에는 KBO 이사회가, 그리고 3월

29일에는 구단주 총회가 제9구단 창단을 최종 승인함으로써 모든 것이 끝났다. 창단 초기 실무 책임자는 배석현 현 경영본부장이었다.

2011년 6월 28일 마산구장에서 NC의 트라이아웃이 시작됐고, 김경문 감독 선임 이후 2차 트라이아웃에서 최종 선발된 합격자에는 원종현, 김진성, 최금강 등의 이름이 들어 있었다. 만약 NC 창단이 없었다면, 원종현이 두산 최주환현 SSG 랜더스을 스트라이크 아웃으로 잡아 2020 KS 우승을 확정지은 뒤 절친한 친구이자 포수 양의지를 얼싸 안은 감동적인 장면을 볼 수 없었을 것이다.

2013년 2월 4일 창원시의 야구장 건립 사업단이 출범했다. 그러나 이후 창원·마산·진해 등의 후보지를 두고 첨예한 갈등을 겪었다. 특히 박완수 시장의 후임 안상수 시장은 진해로 결정된 야구장 건립 후보지를 지금의 마산 쪽으로 바꿨다. 그 때 의회에서 달걀 세례까지 맞으면서도 이를 관철시켜 현 창원 NC 파크 건립에 결정적 역할을 했다. 나는 안 시장을 만난 자리에서 "진해에 야구장 건립을 강행하면 제9구단 연고지는 수원 등 다른 곳으로 갈 수도 있다. 기존 구단들이 반대할 것이고, 연고지 선정은 총재 권한이니 빠른 시일 내 매듭을 지어야 된다"고 알려주었다.

2020년 NC의 우승이 지니는 의미는 여러 가지다. 신생팀으로서 빠른 기간 내에 이룬 우승, 효율적인 구단 운영, 지역사회에 대한 공헌 등 여러 면에서 신선한 충격을 안겨주었다. 과거 한국 프로야구는 정치권의 뜻에 재계가 반응하며 탄생한 경우가 많았다. 그러나 최근에는 야구의 인기와 더불어 스포츠 마케팅 차원에서 창단을 한

팀이 야구를 선도하는 상황으로 바뀌고 있는 것이다. 이걸 보면, 아직은 요원한 일이지만 흥행으로 프로야구가 성공하는 날이 올 것이라고 믿는다. 예전처럼 대기업의 홍보 차원으로 구단을 운영하는 것이 아니라, 메이저리그처럼 입장권, TV중계권, 용품을 팔아 비즈니스를 하는 진정한 프로 스포츠 말이다.

열정과 뚝심으로 탄생한 제10구단

KT wiz

NC가 창단되니 9개 구단으로 운영하는 데 문제가 생겼다. KBO 리그 도중 8개 팀은 경기를 하지만 나머지 1개 팀은 쉬어야 했다. 이런 엇박자는 문제가 된다는 것을 사전에 알았기 때문에 나는 유영구 총재와 함께 제10구단 창단을 서둘렀다. KBO 이사회가 열리면 구단 사장들은 "파행 운영을 어떻게 할 것이냐?"라고 KBO를 압박한다는 이야기도 들렸다.

제9구단 창단 시기에 나는 송하진 전주시장을 만나 전주에 프로야구를 다시 부활시켜야 한다고 이야기한 적이 있었다. 나와 가까운 대학 친구였던 송 시장은 적극적이긴 했지만 전북과 전주에서 나서는 기업이 없었다. 다시 제10구단 창단이 딜레마에 빠지면서 유영구 총재와 나는 머리를 맞대고 고민에 고민을 거듭했다. 이번에도 전북에 기업이 없어 고민하는 사이, 리그 불균형 여론은 높아지고 있었다.

어느 날 유영구 총재가 "차나 한 잔 하자"며 총재실로 오라고 해서 갔더니 "드디어 제10구단 창단이 가능할 것 같다"고 했다. 부영의 이중근 회장께서 고민하고 있는 유 총재에게 "연간 운영비 300억 원 내에서 구단을 운영하겠다"는 의사를 보였다고 했다. 나는 "히어로즈, NC에 이어 건설 회사가 회원사가 될 경우 기존 구단들의 반대가 있지 않겠느냐"라고 조심스럽게 이야기했다. 그리고 유 총재에게 "보름 정도의 시간을 달라"고 했다.

2~3년 내에 리그에 참여하려면 현실적으로 수원구장이 최우선 후보지였다. 그리고 큰 기업이 필요했다. 그래서 나는 염태영 수원 시장을 만나 여러 조건을 제시했는데 그는 모두 받아들이며 대환영이라 했다. 야구장 증축, 야구장 운영권, 광고권, 네이밍 권리 등을 보장해 달라고 했고, 염 시장은 이를 흔쾌히 받아들였다. 난 곧바로 KT 이석채 회장을 만나 구단 창단 제의를 했다. 이석채 회장은 수원시의 조건을 본 후 "정말 이런 조건이라면 창단하겠다"며 적극성을 보였다. "창단 건은 보안을 유지하는 게 최우선이다. 밖으로 새어나가지 않도록 해주셔야 한다"며 당부를 하고 나는 KT사옥을 나왔다. 당시 나는 중요한 일에는 거의 KBO의 장덕선 씨와 동행했다. 실무자로 기록을 남기고 증인 역할도 필요했기 때문이다. 실제로 KT는 2007년 12월 현대 유니콘스 인수를 시도했다가 언론에 보도되면서 무산된 경험도 있었다.

2011년 초부터 시작된 제10구단 창단은 2013년 1월 17일 KBO 정기총회구단주총회에서 신규 회원 가입 최종 승인이 나서 마무리될 때까지 꽤 오랜 시간이 걸렸다. 제9구단 NC 창단과는 전혀 다른 과정이었다.

2011년 6월 28일, 수원시가 창단 희망기업 지원 계획을 KBO에 제출했다. 2011년 8월 29일, KBO의 '연고 도시 인구 100만 명' 조건 충족을 위해 전라북도 4개 시·군전주·군산·익산·완주연합체가 결성됐다. 4개 지자체가 공동 연고지 추진에 합의하면서 제10구단 유치 경쟁에 불이 붙은 것이다. 수원보다는 조금 늦게 뛰어들었지만 김완주 전북도지사와 송하진 전주시장이 발 벗고 나섰다.

제10구단 유치를 희망하는 양 지자체는 2013년 1월 10일 프레젠테이션을 앞두고 치열한 경쟁을 벌였다. 공식적으로 2011년 1월 11일 KBO 이사회에서 제10구단 창단 작업 착수 이후 2013년 1월 17일 신규 구단 가입 최종 승인이 나기까지 꼬박 2년이 걸린 데는 그만한 사유가 있었다. 일부 구단에서 8구단 체제를 그대로 유지하자고 주장하기도 했고, 재정적으로 취약한 히어로즈에 대한 불안감을 그 이유로 내세웠다. 자연히 제10구단 창단은 일부 구단의 강한 반발 속에 표류되는 듯했다.

더구나 유영구 총재가 개인적인 일로 사임하면서 제10구단 창단 작업은 위기를 맞이했다. 후임 구본능 총재는 제10구단 창단에 엄청난 노력과 시간을 기울였다. 하지만 일부 구단의 강력한 반대로 벽에 부딪혔다. 구 총재가 반대하는 구단 오너에게 전화를 해도 통화가 이뤄지지 않았다. "회신도 안 온다"며 크게 상한 자존심을 억 누르는 구 총재의 모습을 자주 볼 수 있었다. 10구단 창단 문제일게 뻔하니 거절하긴 뭣해서 그냥 피하는 모양새였다. 정말 답답하고 힘든 하루하루가 지나고 있었다. 이대로라면 2013년에도 결정이 나지 않을 분위기였다.

나는 승부수를 던지기로 했다. 2012년 12월 초였다. 대통령 선거일12월 19일을 앞두고 한국프로야구선수협회선수협 김선웅 사무총장에 전화를 걸었다. "선수협 이름으로 양 대통령 후보박근혜·문재인 선거대책본부에 제10구단 창단에 관한 대선 후보의 입장을 밝혀달라는 공문을 밀봉해서 보내주세요"라고 부탁한 것이다. 김선웅 총장은 신속하게 움직였고, 2012년 12월 7일 두 대선후보 캠프에서 공식적으로 제10구단 창단 찬성 발표가 나왔다. 반대했던 구단주도 손을 들 수밖에 없었고, 제10구단 창단 작업은 탄력을 받아 약 한 달 후 최종 승인이 났다.

왜 그럴까? 이사회 구성원은 구단 사장들이지만 최종 승인은 구단주 총회에서 하도록 돼 있어 구단주들의 반대가 있으면 신규 회원 가입 승인이 불가능했기 때문이다. 2년여 전 시작됐지만 지지부진 시간만 끌던 제10구단 창단 작업은 그렇게 해서 극적인 전환점을 맞았다.

제10구단인 KT의 창단은 구단 유치를 적극적으로 원하는 지자체장을 중심으로 한 치열한 경쟁, 야구발전기금 200억 원을 제시한 KT의 통 큰 배팅 등으로 성사됐다. 부수적으로는 프로야구단의 가치가 더욱 높아지게 되는 계기가 마련된 것이다. 지난 이야기지만

2020년 10월 25일, 창단 7년만에 포스트시즌 진출 확정 직후 KT 선수단 모습.

제9구단 창단 당시 전주시가 기업을 유치하고 적극적으로 도전했다면 단독 구단 창단도 가능하지 않았을까?

KT가 제10구단으로 결정된 다음날 아침, 나는 일본 삿포로로 가기 위해 유소년 티볼 선수들과 인천공항 출국장에 있었다. "허 위원장님!" 하고 누가 불러서 보니 전북에 구단 유치를 위해 애썼던 이상국 전 KBO 사무총장이었다. 그는 "내가 부영에 발전기금을 많이 써야 한다고 그렇게 강조했는데, 그러지 않아 졌다"며 매우 아쉬워했다. 실제 KBO 이사회는 발전기금 액수에 비중을 크게 두는 심사기준을 만들었다. 나중에 들은 이야기지만, KT 내부에서 "우리가 너무 많은 금액을 써낸 건 아닌가?"라는 말이 나오자 이석채 회장은

"그 정도 금액은 내야 한다. 그리고 그 돈이 어디로 가겠나. 결국 야구 발전을 위해 사용될 텐데 괜찮다"며 우려를 일축했다고 한다.

2020년 KT가 팀 창단 후 7년 만에 포스트시즌에 진출하는 걸 보면서 이석채 회장이 창단 후 몇 년 더 KT에 재임했으면 아마 KT의 포스트시즌 진출이 앞당겨졌을지도 모른다는 생각이 들었다. 창단 작업 시, 대규모 투자를 바탕으로 한 이 회장의 계획과 열정은 실로 대단했다. 그걸 보면서 나는 내심 '저 정도 적극성이면 5년 내 우승도 가능하겠다'고 생각했었다.

제9구단 창단은 단독 후보가 나서 결정된 반면, 제10구단은 치열한 유치 경쟁과 우여곡절 끝에 얻어낸 산물이었다. 유영구, 구본능 두 총재의 야구에 대한 열정, 뚝심과 끈질긴 추진력이 없었다면 불가능했을 일이다.

“그대로 하니까 되네요”

LG트윈스

1989년 늦가을 롯데에서 코치 계약이 끝나갈 무렵, 나는 미국 메이저리그로 갈 계획을 세웠다. 토론토 블루제이스 마이너리그 팀의 코치로 가는 것이었다. 당시 이웅희 KBO 총재께 인사드리러 가서 차 한 잔 하고 있었는데, 이 총재에게 전화가 왔다. 수화기에서 흘러나오는 “MBC 청룡 매각”이라는 단어가 들렸다. 전화를 건 이는 재벌 그룹의 최고위층인 것 같았다. 이 총재는 “MBC 청룡은 이제 매각해야 된다”는 이야기도 했다. 통화가 끝난 후, 나는 이 총재에게 “다른 그룹도 한번 해 보시죠. 소비재, 가전 등 라이벌 구도 그룹이 들어오는 것도 좋지 않을까요? 럭키금성도 좋은 대상일 것 같아요”라고 했다. 이 총재는 “좋지요. 그리 해 봅시다”라고 답했다.

나는 곧바로 고 구본무1945~2018 럭키금성 부회장에게 연락했다.

1990년 창단식에서 LG트윈스 선수들 모습. 스포츠서울 제공

당시 구본무 부회장은 그룹 경영을 막 시작하던 때였다. 그 후의 전개 과정은 잘 알지 못하지만, 럭키금성의 창단 작업은 일사천리로 진행됐다. 구본무 부회장이 아주 적극적이었고, MBC 청룡 인수 작업도 초스피드로 진행되었다고 들었다.

1989년 프로야구는 7개 팀 중 MBC가 6위49승 67패 4무였고 롯데가 최하위였다. 그룹 입장을 놓고 볼 때, 럭키금성의 MBC 청룡 인수는 구본무 부회장의 독자적인 첫 프로젝트란 점에서 큰 의미가 있었다. 그래서 1990년 창단 후 첫 우승71승 49패, 1위, KS 삼성전 4전 전승은 그만큼 가치가 있었다. 덕분에 구본무 부회장의 야구에 대한 애정과 열정도 대단하다고 널리 알려졌다. 그 후 럭키금성 그룹은 LG그룹으로 바뀌었고, LG란 새로운 브랜드는 LG트윈스 프로야구단을 통해 국민들에게 친숙한 이름으로 다가갈 수 있었다.

고故 구본무 LG그룹 회장은 한국 프로야구에 큰 획을 그은 분이셨다. 1995년 2월 22일 그룹 회장에 취임해 2018년 5월 20일 작고하실 때까지 프로야구에 무한 사랑을 베푸신 분이다. 호랑이는 죽어 가죽을 남기고, 사람은 죽어 이름을 남긴다는 옛말이 있듯, 구본무 회장을 회상하면 외가의 단목 행사, 우승 후에 마시려고 남긴 우승주酒, 한국시리즈 우승 최우수 선수에게 주려고 준비해 놓은 MVP 시계 등 야구를 사랑한 구단주로서의 면면이 떠오른다.

하지만 부회장 시절인 1990년, 1994년 우승을 한 뒤, 정작 본인이 회장에 오른 1995년 이후에는 LG가 한 번도 우승을 하지 못했다. 2020년 가을 LG트윈스 류지현 신임 감독은 "입단할 때 구본무 회장님께서 부회장으로 계셨다. 1994년을 돌이켜 보면, 회장님께서 당시 선수들 이름을 어떻게 다 기억하셨는지 놀랐다. 단목 행사에 늘 선수를 초대해 편안하게 즐길 수 있는 자리를 마련해 주셨다. 그때는 그런 것들이 당연하다고 생각했는데, 지나고 보니 당연한 게 아니었다. 야구단에 대한 애정이 깊이 담겨져 있었다고 느낀다. 회장님께서 돌아가시기 전까지 우승 트로피를 다시 못 드린 것이 굉장히 죄송하다. 그런 의미에서 사명감이 있다"고 하기도 했다.

생각난 김에 구본무 회장과 있었던 일화를 하나 더 소개한다. 1990년 나는 미국 토론토 블루제이스의 마이너리그 6개 팀의 순회코치로 있었다. 스프링 캠프와 플로리다 주 리그를 더니든에서 보낸 후 두 번째 행선지였던 사우스캐롤라이나 주 머틀 비치 블루제이스싱글 A에서 코치를 할 때였다. 갑자기 한국에서 전화가 왔다. 싱글 A팀이라 대학팀 구장을 빌려 쓰고 있었고, 야구장에서 구단 사무실까지 1백 미터는 넘게 떨어져 있는 등 환경이 좋지 않았다. 그런데 구단 직원이 달려와 "한국에서 급한 전화가 왔다"고 했다. 순간 나는 집안에 큰일이 일어났구나 싶어 가슴이 뛰었다. 급히 사무실로 달려가 전화를 받는 순간 안도와 함께 어깨의 힘이 쭉 빠졌다. 전화기에서 "구본무 부회장실입니다. 부회장께서 통화를 원하십니다"라는 목소리가 들렸다. LG트윈스 이규홍 사장으로, 당시 구 부회장의 비서였다.

구본무 구단주는 "허 형, 미안합니다. 급히 자문을 구하려고 실례를 무릅쓰고 전화를 했소. 지금 우리 팀이 꼴찌를 하고 있어요. 야구단 사장이 백인천 감독을 교체해 달라는데 어떻게 하는 게 좋습니까?"

그때 LG트윈스는 32게임 중 12승 20패를 기록, 최하위인 7위를 달리고 있었다1990년 5월 31일 기준. 1위 빙그레와는 7경기 차였다. 나는 미국에서 코치 생활에 전념하느라 KBO 리그 소식은 의도적으로 접하지 않고 있었다. 더구나 그때는 요즘처럼 인터넷이나 스마트폰이 없는 시절. 머틀 비치 같은 미국 시골에서 한국 소식을 접하기가 쉽지 않았다. KBO 리그 흐름과 트윈스가 꼴찌를 하고 있는지조차 모르고 있었다.

당황스러웠다. 나는 좀 더 구체적으로 상황을 듣고 난 뒤 "부회장님, 지금 시즌 초반인데 감독을 바꾸면 안 됩니다. 시즌이 아직 많이 남아있지 않습니까. 짐작컨대, 코칭 스태프가 야구단 임원들과 사이가 안 좋은 것 같습니다. 백 감독은 일본에서 프로 생활을 했고, 감독 중심의 일본 스타일로 야구를 하니 갈등이 생기는 것이라고 보셔야 합니다. LG가 신생팀이라, 도리어 백 감독이 야구단 운영 면에서 불만이 있을 수밖에 없을 것입니다. 시즌 도중 감독을 교체하는 것은 아닌 것 같습니다. 한 달에 한 번 정도 부회장님께서 구단 관계자 배석 없이 감독을 직접 만나 언로를 터주시고, 불만을 들어보시는 것이 좋을 것 같습니다."라고 했다.

나중엔 들은 이야기이지만, 구본무 부회장께선 이후 백 감독과 자주 독대했다고 한다. 그 후 LG의 팀 성적은 급변했다. 그해 71승 49패로 페넌트레이스 우승에 이어, 한국시리즈에서는 삼성 라이온즈를 만나 4전 전승으로 우승했다. 정규리그 우승 후 포스트시즌 때 관전하러 잠실구장에 갔을 때, 나를 본 구본무 부회장이 "허 형, 고맙소. 그대로 하니까 되네요!"라고 하시면서 파안대소하던 모습이 아직도 눈에 선하다.

한국야구의 발전을 위해서는 구단주가 바른 판단을 할 수 있는 현장 보고 시스템이 중요하다. KBO 리그는 올해 40시즌째를 맞게 되지만 아직도 구단 프런트와 선수단감독, 코치, 선수과는 이해관계, 책임 소재, 성적에 대한 민감한 반응 등으로 온도 차가 있을 수밖에 없다. 다만 원년인 1982년부터 2010년까지의 성장기에 비해, 최근 10여 년은 그런 갈등이 많이 사라졌다. 프로야구가 존재하는 한, 다소 차이는 있을지 몰라도 그 갈등은 지속될 것이다. 그럴 때 중심 역할을 하는 이가 바로 구단주이기 때문이다. 그런 면에서 구본무 부회장은 구단에 대한 깊은 관심과 애정, 현장의 목소리에 귀 기울일 줄 아는 혜량을 두루 갖춘 구단주가 아니었나 싶다.

독립구단의 꿈,
한 구단에 한 명씩

고양 원더스

2020년, 허민 키움 히어로즈 의장이 야구계의 화제였다. 자신의 너클볼을 시험해 본다고 훈련장에서 선수들을 세워놓고 공을 던진 것이 문제가 됐다. 또 시즌 막바지에는 손혁 감독을 경질하는 등 팀에 지나친 간섭을 했다는 것이 큰 비판을 받았다. 아무리 생각해 봐도 그는 독특한 캐릭터의 소유자다.

허민 의장과 나는 지금부터 11년 전 쯤 인연이 닿았다. 제9구단 창단 문제로 KBO 일을 돕고 있을 때였다. 운동선수들에게 유명한 김진섭 정형외과 원장과 야구 이야기를 했다. 프로 구단 외엔 갈 곳 없는 야구 지망생들을 어떻게 해야 할까 하고 독립리그 창설 관련 이야기를 나누던 중 허민 의장 이야기가 툭 튀어 나온 것이다. 벤처 기업을 만들어 큰돈을 번 사업가가 있는데, 야구를 너무나 좋아하고 아버지도 야구선수 출신이라고 했다. 독립구단에 대해 관심이 있을 것 같은데 미국에서 음악 공부를 한다고 했다. 그 자리에서 국제 전화가 연결됐다. 그는 "선생님, 독립야구 팀을 만들고 싶습니다"라고 시원스럽게 말했다.

2010년 2월 5일, 시내의 한 호텔 커피숍에서 그를 직접 만났다. 그는 비운동권 출신의 서울대 학생회장이었다고 자신을 소개했다. 서울대 화공과를 나온 그는 당시 보스턴에 있는 버클리 음대에 다니고 있었다. 지금은 버클리 음대가 알려졌지만, 그때만 해도 버클리 하면 서부에 있는 캘리포니아 주립 대학으로 알던 때였다.

허민 의장은 내게 "정부의 도움으로 벤처기업을 만들어 큰돈을 벌었는데, 제도권 진입을 하지 못한 선수를 단 한 명이라도 1군 무대에 서도록 하는 게 꿈입니다"라고 했다. 정말 좋은 취지였다. 나는 게임에 대해 잘 모르지만, 허민 의장은 '던전 & 파이터'라는 게임을 만들었다고 했다. 허민 의장은 "게임 사업으로 돈을 벌었지만 돈이 전부가 아니다"라고도 했다. '자신이 하고 싶은 일을 해야 한다'는 철학이 있었고, 야구에 대한 애정과 깊이도 대단했다.

그래서 나는 그의 독립구단 창단을 함께하기로 했다. 국내에서 독립구단을 운영하려면 '창단 첫 해엔 약 12억 원, 그 후 매년 8억 원 전후의 예산이면 될 것'이라고 알려줬다. 그러면 선수들에게는 부담을 주지 않는 독립 구단을 만들어 운영할 수 있다고 했다. 그는 구단 창단 후 3년 간 약 120억 원을 썼을 정도로 과감한 투자를 했다.

2010년 초부터 시작한 독립 구단 창단 작업은 2011년 9월 14일

고양시와 원더 홀딩스가 공동 운영하는 독립구단 '고양 원더스'라는 이름으로 결실을 맺고 출범했다. 2년여의 긴 시간이 걸린 창단 작업이었다.

시간이 많이 소요된 이유는 역시나 야구장 때문이었다. 현대 유니콘스 2군이 사용했던 원당구장을 사용할 예정이었으나, 현대그룹 채권단에서 마지막 순간에 구장 사용을 거부했다. 나는 허민 의장과 법정관리 은행까지 찾아가 항의도 했지만 방법이 없었다. 법적 소송까지 검토했으나 그것도 여의치 않아 방법을 바꿨다. 당시 허민 의장이 소유하고 있는 서초동 부지를 야구장으로 만드는 것도 알아봤다. 그 방법 역시 땅이 규제에 묶여 있기 때문에 또 좌절을 겪었다.

그러다가 다른 방법을 찾아냈다. 고양시가 전국체육대회를 위해 나에게 신설 야구장 건립을 문의해왔던 걸 기억해낸 것이다. 고양시는 그때 국가대표 훈련장을 건립했었다. 당시 최성 고양시장을 만나 국내 최초의 독립구단 창단 계획을 설명했다. 그러면서 고양시에는 야구장 제공을, 원더스에는 운영 주체가 돼달라고 제안했다. 스포츠마케팅의 위력을 잘 알고 있는 최성 시장은 즉석에서 'OK' 사인을 냈다. 국내 최초의 독립구단은 그렇게 탄생했다. 지자체와 운영권자가 동행하는 구조였다.

허민 의장당시 구단주은 2011년 12월 5일에 고양 원더스 구단 초대 감독으로 김성근 감독을 선임했다. 그는 감독 선임 때 후보 서너 명의 이름을 내게 알려주면서 누가 좋은지 비교해 달라고 했다. 그래서 후보들의 장단점과 성향을 이야기해 주었는데, 며칠 후 그는 김성근 감독을 낙점했다. 당시 김성근 감독은 SK를 떠나 쉬고 있었다.

2012년 고양 원더스의 첫 공식훈련. 스포츠서울 제공

창단 후 고양 원더스는 2012년부터 3시즌 동안 KBO의 퓨처스리그 교류 경기에 참가했다. 처음 2년은 48게임, 2014년에는 80게임을 했다. 총 3년간 176 경기를 치른 고양 원더스는 통산 90승 61패 25무승률 0.596의 기록을 남겼다.

그러나 기존 구단들의 불평이 터져 나오기 시작했다. 시간이 흐를수록 김성근 감독에 대한 불만이 높아진 것이다. 일부 구단 관계자들은 민감한 반응을 보였다. 모든 KBO 구단들이 창단 전 브리핑 때 '사재를 털어 운영하겠다'는 독립구단을 적극적으로 환영했지만, 김성근 감독이 미디어와 접촉이 잦아지면서 프로야구에 대해 쓴 소리를 많이 한 것이 도화선이 됐다. 결국 KBO 구단에 대한 비판으로 이어지면서 마음의 상처로 남은 것이었다.

'한 구단에 한 명씩!' 독립구단에서 선수를 잘 키워 프로 리그로 보내겠다는 허민 의장의 첫 꿈은 2012년 7월 6일, 투수 이희성 선수가 LG트윈스와 계약하면서 결실을 맺었다. 허민 의장은 이희성에게 격려금 1,000만 원을 지급해 화제가 되기도 했다. 그러나 2014년 9월 11일 고양 원더스는 돌연 해체를 선언했다. KBO와 여러 사항의 조율이 이루어지지 않았다. 프로야구를 향한 선수들의 꿈과 열정을 지원하고 싶었던 한국 최초의 독립구단은 그렇게 막을 내렸지만, 3년간 프로 입단 27명, 1군 진입 16명이라는 성과를 일궜다. 2020시즌 1군 선수 중에서 롯데 김건국투수과 NC 다이노스 이원재내야수가 고양 원더스 출신이었다.

청년 실업가였던 허민 의장은 프로야구 구단주가 꿈이라고 이야기한 적이 있다. 키움 히어로즈에서의 갈등은 그 과정인지도 모른다. 선수를 상대로 한 투구, 팬 사찰 의혹으로 논란을 빚은 그가 더 성숙해진 모습으로 그 꿈을 이루게 될지, 아니면 야구계의 이단아로 남을지는 두고 볼 일이다.

"야구는 하라 캐라"

현대 유니콘스

1992년 12월 제14대 대통령 선거가 끝난 지 얼마 지나지 않아서다. 김영삼 대통령 당선자가 김대중, 정주영 후보와 경합을 벌인 선거였다. 3위로 낙선한 정주영 회장의 현대그룹 측에서 연락이 왔다. "현대가 프로야구를 하고 싶다"는 이야기였다. 나는 "그런데 왜 저를 찾습니까?"라고 물었다. 그랬더니 "이유는 묻지 말고 일단 만나자"고 해서 현대그룹 관계자를 만났다.

현대 측은 "김무성 비서관당시 민정2비서관의 친구분인 것으로 알고 있습니다. 김 비서관을 통해 대통령께 말씀을 드려 현대가 프로야구를 할 수 있게 해 달라"고 부탁했다. 내 기억으로도 당시 김영삼 대통령은 정주영 회장을 못마땅해 했다. 선거 과정에서 '경제인이 나라를 운영하는 대통령까지 하려드나'는 비판을 했던 게 생각난다. 현대는 울산광역시 울주군에 20만 평 규모의 대단위 복합 리조트를 포함한 야구장 건립 계획도 있다고 했다. 나는 '현대가 새 구장을 지으면 삼성 등 타 구단들도 신축 구장을 짓겠다' 싶어 귀가 번쩍 띄었다.

나는 김무성 비서관에게 요지를 설명해 주었다. "울산 시민과 현대 그룹 사원들의 여가 선용으로도 프로야구가 좋을 것 아닌가"라는 설명을 곁들였다. 며칠 후 김무성 비서관으로부터 연락이 왔다. YS에게 말씀드렸더니 흔쾌히 "야구는 하라 캐라"고 했다는 반가운 소식이었다. 청와대가 굳이 관여하지 않겠다는 뜻을 전해왔으니 노심초사하고 있던 현대로서는 쾌재였다. 그 소식을 전하자 현대는 곧바로 프로야구단 창단에 돌입했다. 그러나 야구단 창단 작업은 순조롭지 못했다.

먼저 KBO 이사회의 동의를 받지 못했다. 내가 전해 듣기로는 재계 라이벌인 삼성은 농구·배구 등에서도 현대와 치열한 경쟁을 하고 있었고, 해태는 재정적인 면에서 비교가 되어서, 롯데는 지역 연고에 대한 거부감 등으로 현대의 신생 구단 창단을 반대한다는 것이었다. 당시 종로구 계동 사옥 회의실에서 현대그룹 고위 임원들과 주고받은 이야기가 생각난다. 회의에 참석했던 계열사 사장 한 분이 "아니 허위원님, 축구는 프로 진입 시 가입비가 없는데, 야구는 왜 가입비를 내야 합니까?"라며 따져 물었다. 그래서 나는 "말씀하시니 답을 드립니다만, 국내 스포츠계에서는 현대가 그 종목에 들어오면 스카우트 싸움이 생겨 재정적으로 감당하기 힘들어지기 때문에 현대와 함께하는 걸 별로 좋아하지 않는 것으로 압니다. 야구는 현대가 아니더라도 하고자 하는 기업들이 많습니다. 기존 구단들의 입장에선 가입비 내는 것이 당연한 일입니다."라고 했다. 내가 이렇게 말할 수 있었던 것은 당시 40세를 갓 넘은 젊은 패기 덕분이기도 했던 것 같다.

신생 구단 창단에 실패한 현대는 1993년 쌍방울 레이더스의 인수를 추진했다. 처음에는 400억 원 선에서 인수를 검토했다. 그런데 나중에 1997년 무주·전주 동계 유니버시아드 선수촌을 지어주는 조건이 추가되면서 인수가 무산됐다. 선수촌 건립 비용이 포함되면 약 800억 원이 들었기 때문이다. 2008년 2월 20일 『한국일보』가 보도한 '현대, 법적청산 절차만… 12년 역사 마감'이라는 기사에 당시 정황이 잘 나와 있다.

쌍방울 인수가 무산된 후 현대 관계자가 다시 나를 찾아왔다. "묘수가 없겠느냐?"는 것이었다. 나는 "야구 사랑에 대한 진정성을 야구계와 팬들에게 보여줄 필요가 있을 것 같다. 현재 대한야구협회가 재정적으로 아주 어려우니 야구협회장을 맡고, 실업 야구팀을 창단한 후 프로야구 진입을 노리는 게 좋을 듯하다"는 조언을 해주었다. 그 뒤 1994년 11월 28일 실업 야구단 현대 피닉스가 창단(1999년 11월 20일 해체됐다) 됐다.

당시 현대 피닉스는 문동환연세대, 문희성홍익대, 조경환고려대 등 국가대표급 선수 25명을 영입했다. 특히 1995년 5월 11일 연세대의 박재홍과 계약금 3억 원에 추후 아파트 분양권 등 총액 5억 원 상당의 조건으로 입단 계약을 체결했다. 이 소식에 프로 구단들, 특히 해태가 크게 놀랐다. 박재홍은 1992년 해태가 1차 지명했던 선수이기 때문이다. 슈퍼스타 박재홍은 이후 1996년 2월 28일 현대 유니콘스

프로야구단과 해태 타이거즈와의 트레이드를 통해 프로야구 현대의 유니폼을 입었다. 현대가 10승 투수였던 최상덕을 해태에 내주는 조건이었다. 박재홍은 프로에서 30-30클럽(한 시즌에 30홈런, 30 도루를 달성한 것)을 세 차례나 기록했다. 그는 당시 트레이드에 대해 "난 아무것도 한 것이 없다. 그저 구단의 요청대로 따랐다"고 말하기도 했다.

1998년 한국시리즈 첫 우승을 기록한 현대 선수들. 스포츠서울 제공

박재홍의 트레이드가 1996년 2월 28일 이뤄졌듯, 현대는 한 해 전인 1995년 8월 31일 태평양 돌핀스를 470억 원에 인수했다. 이번엔 현대가 나에게 감독 러브콜을 보냈다. 1990년 미국을 다녀온 후 다른 구단의 감독 제의도 몇 차례 있었다. 하지만 나는 미국에 있을 때부터 지도자보다는 해설자의 길을 가기로 결심했다. 밖에서 야구를 지켜보며 야구계에 보탬이 되겠다는 생각이었고, 그 생각은 지금까지도 변함이 없다.

그 무렵 청와대 사정 비서관이었던 배재욱 선배의 전화가 왔다. "잘 지내제이? 점심이나 한 번 하자"는 얘기였다. 큰 형님의 친구이자 경남고 선배인 그분은 야구에 대한 깊이와 사랑이 대단했다. 뭐가 궁금할까 싶어 약속 장소에 나가서는 깜짝 놀랐다. 강명구 현대 유니콘스 사장이 나와 있었다. 배 비서관은 "야구인들은 다들 감독을 하고 싶어 한다는데, 허 위원은 왜 안 한다고 해서 나까지 나오게 하느냐?"고 장난스럽게 말했다. 그래서 나는 감독직을 사양하는 이유를 잘 말씀드렸다. 강명구 사장은 "그럼 누가 감독을 맡으면 좋을지 추천해 달라"고 했다. 나는 김재박을 추천했다. 그러자 강 사장은 "우리도 후보들을 살피고 있는데, 야구계에서 추천하는 대상자들 대부분 평점이 높지 않다"고 했다. 나는 "도대체 몇 점을 주셨나요?"고 물으면서 "사장님이 말한 그 점수면 나쁜 편이 아닙니다. 야구인들이나 그 주변에 물어보면 대부분 부정적 의견이 더 많습니다. 50점이 안 되는 게 대부분일 것입니다"라고 이야기했다. 강 사장은 1년 계약도 언급했지만 "1년 계약은 초반 성적이 좋지 않을 경우 엄청나게 흔들려 시즌을 망치게 됩니다. 3년으로 계약을 하시는 게 좋을 것입니다"라고 조언했다. 결국 김재박 감독은 2년 계약으로 현대 유니콘스의 초대 감독이 됐다. 그 후 11년 동안 한국시리즈 우승을 4차례나 이룬 명장으로 야구사에 큰 획을 그었다.

현대 유니콘스는 2000년 1월에 연고지 서울 이전을 선언했다. 다만 3~4년간 신축 구장 건립 시까지 임시 연고지로 수원을 사용키로 했다. 하지만 2001년 정주영 회장 별세 이후 왕자의 난, 하이닉스 운영비 횡령으로 서울 입성이 무산됐다. 거기다 2002년 모기업 현대전자가 부도를 맞자 2008년 3월 10일 현대 유니콘스는 역사 속으로 사라졌다. 그 후 2008년 3월 24일 우리 히어로즈가 창단하면서 현대 유니콘스 선수단을 승계했다.

1996~1999년까지 연고지는 인천, 2000~2007년까지는 수원이었다.

길지 않은 기간이었지만 현대 유니콘스는 수많은 스타를 배출했다. 2003~2004년 우승 후에는 경영난으로 심정수, 박진만이 삼성으로 떠나면서 우승이 멈췄지만 투타에서 흠잡을 데 없는 전력으로 2000년대 초반 강자로 자리매김했다.

대한체육회장을 지낸 정주영 회장은 스포츠에 대한 열정이 대단했다. 2003년 별세한 정몽헌 회장 역시 야구단에 대한 애정이 각별했고, 지원 또한 엄청났다. 타 구단 선수들이 현대를 부러워한 것은 잘 알려진 사실이다. 그런 만큼, 현대가 진정성을 갖고 구단을 만들고 노력해온 일화들이 내 기억 속에서 살아날 때마다 현대의 이름이 사라진 것이 못내 큰 아쉬움으로 남는다.

1982,
한국 프로야구가
태어난 순간

2021년은 한국 프로야구 40번째 시즌이 되는 해다. 야구인들의 눈물과 땀, 헤아릴 수 없는 희로애락, 그리고 스포츠라면 빠질 수 없는 감동적인 성공 스토리와 실패담이 그 세월 안에 오롯이 새겨져 있을 것이다. 그렇다면, 이 시점에 꼭 살펴볼 이야기가 프로야구 창단에 얽힌 수고와 이면의 모습이 아닐까. 프로야구 원년인 1982년으로 돌아가야 할 이유이다.

1981년 5월의 어느 날, 실업 야구 롯데 박영길 감독에게 총무과 직원이 찾아왔다. 그는 "청와대에서 감독님을 찾는다"고 전했다. 박 감독은 은근히 불안한 마음이 들었다. "청와대에서 왜 날 찾는 걸까?"

박 감독은 경남고 동창인 박종환 씨에게 전화를 걸었다. "청와대에서 민정수석을 지내는 이학봉 선배에게 한번 물어봐 달라"고 부탁

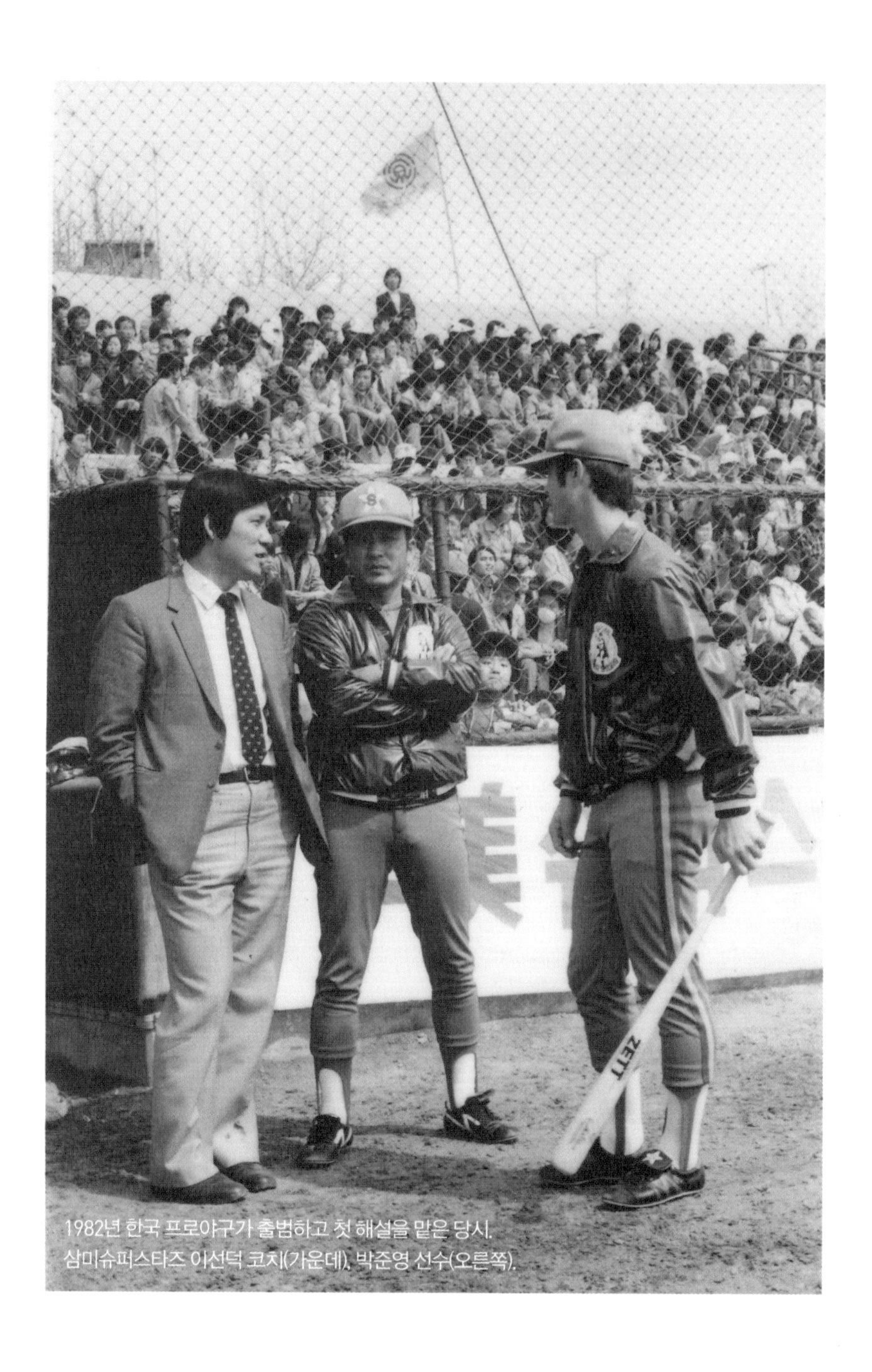

1982년 한국 프로야구가 출범하고 첫 해설을 맡은 당시.
삼미슈퍼스타즈 이선덕 코치(가운데), 박준영 선수(오른쪽).

했다. 당시 청와대에서는 이상주 교육문화 수석 주재로 프로 스포츠 창단을 검토하고 있었다. 사회문화적 여건상 프로 스포츠가 생길 때도 됐고, 정치에 대한 국민의 관심이 너무 높아 민심 분산책의 방편으로 프로 스포츠를 창설하자는 판단이었다.

그때 가장 인기 있던 두 종목, 야구와 축구가 대상이었다. 현장의 자문이 필요하니 야구는 박영길 감독, 축구는 최순영 협회장을 부른 것이다. 야구는 이미 1976년 재미 실업가 홍윤희 씨가 만든 프로화 기초자료가 있었다. 한국일보 장기영 사장의 권유로 프로야구를 만들자는 제안이 보도되기도 했다.

전두환 군사정권 시절에는 부산 출신 실세들이 많았다. 이학봉 민정수석은 경남고 출신, 허삼수 사정수석은 부산고 출신이었다. 박영길 감독은 이상주 수석에게 "이호헌 씨가 홍윤희 씨의 자료를 잘 알고 있습니다"라고 소개하며 "1982년에 세계야구선수권대회가 서울에서 열리니 대한야구협회 측에서 프로야구 출범 시기에 대한 반발이 있을 수 있습니다"고 알려줬다. 이상주 수석은 "대한야구협회장이 누구요?"라고 묻더니 "임광정입니다"라고 답하자 연락을 취해 대한야구협회와의 문제도 해결했다. 임광정 대한야구협회장은 한국화장품 사장이면서 실업 야구팀도 운영하고 있었다.

이후 프로야구 출범은 급속도로 진행됐다. 청와대에서 협조를 요청하니 대한야구협회는 김재박 등 몇 명의 대표팀 주축 선수들을 세계대회가 끝난 후 합류시키는 방법으로 프로화를 추진했다. 그때 야구는 정부 지원이 필요 없다고 한 반면, 축구는 인프라 구축 등의 비용으로 139억 원의 지원금이 필요하다고 했다고 한다.

박영길 감독은 이상주 수석에게 야구 이외에 스포츠계의 현실에 대해서도 건의했다. 비인기 종목의 사정이 열악하니 올림픽 등 국제대회에서 좋은 성적을 거두면 군 면제와 아파트 지급 등의 혜택을 주면 좋겠다는 것이었다. 이 수석은 "아이디어를 내줘 고맙다"고 하면서 그 후 담뱃값에 체육기금을 붙여 체육계를 지원했다.

프로야구 창설은 1981년 창사 20주년을 맞은 문화방송MBC이 앞장섰다. 당시 이진희 사장은 프로야구 출범과 관련, MBC 기획실에 중책을 맡기고 진행 과정을 손수 챙겼다. 이 사장은 대통령과 교감을 하는 사이로, 상당한 힘을 갖고 있었다. 야구계를 대표해 이호헌, 이용일 씨가 정동 MBC 사옥으로 가서 일을 보았다.

박영길 감독이 추천한 이호헌 씨는 국제 감각이 좋고, 두뇌가 명석한 분이었다. 아마야구 붐이 대단했던 시절, 카랑카랑한 목소리로 인기 좋은 해설자였다. 그는 "기밀유지를 해달라"는 청와대의 요청을 잘 지키면서 프로야구 창단 작업에 이용일 씨와 함께 합류했다. 허삼수, 이학봉 씨 등이 적극 거들었다. 당시에는 별도의 프로야구 출범 준비단 룸이 있는 게 아니었다고 한다. 기획실에 있는 테이블을 이용하면서 MBC 기획팀에 도움을 주었다는 게 기획부서에 일했던 이강식 씨의 증언이다. 1981년 9월쯤 친구인 이강식 씨는 나를 찾아와 "프로야구가 출범한다"면서 상황 설명과 야구계에 대한 조언을 구하는 한편, 비밀로 함구해줄 것을 부탁했다.

당초 이진희 사장은 KBO 총재와 구단주를 모두 자신이 하고 싶어 했다. 일의 진행이 늦어졌고, 이호헌 씨로부터 소식을 전해들은

1982년 부산 구덕야구장에서 박영길 감독과.

박영길 감독은 박종환 씨를 통해 허삼수 수석에게 이를 알렸다. 허삼수 씨는 이진희 사장에게 "커미셔너는 우리가 정한다"라고 단호하게 통보했다고 한다. 결국 KBO 초대 총재는 군 출신인 서종철 전 국방부장관이 맡았다. 서종철 총재는 재임 기간(1981년 12월 11일~1988년 3월 27일) 동안 많은 업적을 남겼다. 육사 출신들이 프로야구 창설에 관여했던 만큼 영향력이 매우 컸다.

한국 프로야구 출범 당시 삼성 라이온즈 구단 버스.
김용 아나운서(왼쪽), 이선희 선수(왼쪽에서 세번째).

우여곡절 끝에 1981년 10월, 드디어 MBC가 주도한 한국 프로야구 창립 계획서가 제출됐다. 이때 참가 대상 기업은 MBC, 럭키금성, 현대, 동아건설, 롯데, 두산, 삼양사, 한국화장품, 한국화약 등 무려 12개 회사였다. 보고서를 받은 전두환 대통령이 "MBC는 참여하지 않는 게 좋지 않으냐?"고 말해서 하마터면 MBC가 빠질 뻔했다. 그런데 이상주 수석비서관이 "방송이 참여해야 붐을 확산시키는데 도움이 됩니다"라고 대통령을 설득했다. 전두환 대통령은 "그럼 3년 정도 MBC가 하다가 다른 기업에 넘기는 걸로 하지"라고 말해 결론이 났다고 한다. MBC는 1989년까지 8년간 야구단을 운영했다.

당초 팀 창단 계획은 서울·경기·강원, 충청·호남, 대구·경북, 부산·경남의 4대 광역에 팀을 만드는 것이었다. 그런데 서울을 독립시키고 충청과 호남을 분리시켜 6개 광역으로 확대했다. 구단주들과 접촉하며 창단을 유도하는 역할은 주로 MBC 김병주 이사가 맡았다.

1981년 10월 28일 동아일보는 '프로야구팀이 내달 창단된다'는 특종 보도를 했다. 서울은 MBC, 인천은 현대, 대구는 삼성, 부산은 롯데라는 내용이었다. 그러다가 11월 11일에는 『조선일보』가 인천 연고팀이 현대 대신 대한항공으로 바뀐다고 보도했다. 현대는 88 서울올림픽에 대비해 기초 종목에 집중한다는 취지였다. 정주영 회장은 직접 정동 MBC 사옥으로 찾아가서 이진희 사장과 만나 양해를 구했다는게 MBC 위호인 씨의 증언이다. 당시 이진희 사장의 위상을 알 수 있는 대목이다. 그리고 11월 23일에는 동아일보가 '출범부터 난항'이라는 제목의 기사에서 인천 연고 예정이던 현대가 자체 사정을 이유로 대열에서 이탈하고, 대한항공도 미온적 태도를 보인다고 보도했다. 그리고 광주 연고인 금호도 재정적인 이유로 결단을 내리지 못하고 있다고 기사를 썼다. 혼란의 연속이었다.

그러다 11월 25일 '광주 지역은 해태'라는『동아일보』기사가 나왔고, 다음날에는 25일 오전 삼미가 창단의사를 전달한 후 그날 저녁 구단주 회의에 참석했다고 보도했다. 첫 구단주 회의가 열려 내년 4

월 플레이볼 예정이라는 한층 발전된 내용이었다.

결국 1981년 12월 11일 극적으로 연고지 문제가 타결됐다. 서울은 MBC, 두산은 충청, 롯데는 부산, 광주는 해태, 인천은 삼미, 대구는 삼성이었다. 두산은 그룹 소유주가 충청 지역과 무관하다는 이유를 댔고, 청을 받은 이학봉 민정수석은 이진희 사장에게 전화해 "3년 후 두산의 서울 입성과 선수 양보 건을 약속해주세요"라고 통보했다. 그렇게 해서 두산은 일찌감치 서울 이전을 확보하고, 오늘날 두산과 LG는 잠실의 한 지붕 두 가족이 됐다.

80년대 초반 한국은 군부의 힘이 막강했다. 1981년 MBC와 KBS는 정권 홍보를 위해 바쁘게 뛰었다. KBS는 '국풍'이라는 축제를 기획했고, MBC는 '프로야구'와 '독립기념관' 사업으로 경쟁을 벌였다. 축구보다 1년 먼저 출범한 프로야구는 상대적으로 소요 경비가 덜 든다는 이점과 고교야구의 인기를 발판으로 앞서갈 수 있었다. 프로축구는 KBS가 주도해 1983년 출범했다.

이렇듯 프로야구는 출범 당시엔 미래가 불투명한 상태였다. 출범 이야기가 5월에 시작됐다면 청와대와 MBC 이진희 사장의 교감 후 속도가 붙기 시작해 9월쯤 대외적으로 MBC 기획실의 실무 처리가 가시화되면서 12월 11일 창단 작업이 마무리됐다. 한마디로 광속구 같은 속도였다. 당시 시대 상황이 아니었으면 그 짧은 기간에 많은 일들을 처리하기 힘들었을 것이다. 암울하지만 한편으로는 역동과 희망이 꿈틀거리던 시대 속에서 프로야구가 탄생한 셈이다.

그리고 이용일, 이호헌 두 야구계 인사의 뛰어난 기획력이 가미되지 않았다면 프로야구 창단의 성공을 장담하기 어려웠을지 모른다. KBO의 초대 수뇌부도 기록으로 남겨본다. 장성 출신 서종철 총재, 기업인 출신 이용일 사무총장, 야구인 이호헌 사무차장, 언론인 김창웅 홍보실장으로 구성됐다.

CHAPTER

02

야구는 '우승'이다
: 5대 왕조와 명장들

BASEBALL STORY #02

승부를 겨루는 프로 스포츠 세계에서 우승만큼 중요한 것은 없다. 모든 구단의 꿈이자 열망인 한국시리즈 제패. 지난 40년의 프로야구 역사에서 5년 동안 3회 이상 한국시리즈 우승을 기록한 구단은 모두 다섯 개다. 이른바 '5대 왕조'로 일컬어지는 해태, 현대, SK, 삼성, 두산이다.

하지만 10구단 체제에서 아직까지 한 차례도 우승을 경험하지 못한 팀이 있는가 하면, 롯데와 LG처럼 30년 가까이 우승에 목마른 팀도 있다. 이것만 봐도 한국시리즈 우승은 좀처럼 달성하기 어려운 업적임을 알 수 있다.

그럼에도 '왕조'를 이룬 구단들은 한국 프로야구 정상에서 리그를 지배하며 한 시대를 풍미한 역대 최강의 팀들이다. 이 장에서는 5대 왕조가 되기까지의 면면과 그들이 누린 영욕의 순간들을 모두 들여다본다.

화려한 야구는 없다, 불멸의 야구만 있을 뿐

해태 타이거즈와
김응용 감독

1983년 첫 우승을 거머쥔 해태는 1986~1989년까지 김응용 감독의 지휘 아래 4년 연속 우승을 차지했다. 1991년과 1993년 우승에 이어, 1996~1997년에도 2시즌 연속 우승을 기록, 리그를 평정했다.

"아니, 선수 15명으로 80경기를 소화할 수 있겠습니까? 투수 구성이 잘 안 될 것 같은데요?"

"허 위원. 걱정 말라우. 이빨이 없으면 잇몸으로 하면 되잖아."

1982년 시즌 중 내가 던진 의문에 해태 타이거즈 김동엽 감독의 대답이었다. 고故 김동엽 감독은 첫 해 80경기 일정 중 13경기에서 5승 8패를 기록 한 후 4월 28일 퇴진했다. 잔여 67경기를 조창수 감독대행이 치러 최종성적 38승 42패, 4위로 마감했다. 15명의 선수로 선전한 것이다. 출범 당시 군산상고 돌풍의 주역들이 많았지만, 이외 호남 연고지 출신의 아마추어 스타들은 타 구단에 비해 많지 않았다.

1983년부터 우승을 시작한 해태 왕조 시절, 스토브리그 화제는 해태의 연봉 협상이었다.

"우리 팀에서 큰 폭의 연봉 인상은 쉽지 않아요. 그래도 야구는 지고 싶지 않습니다." 구단 사정을 아는 선수들은 운동장에 나서면 승부욕이 대단했다. 아직도 기억 남는 장면이 있다. 해태의 하와이 전지훈련 때였다. 투수 김정수가 호놀룰루 거리를 걷고 있어 깜짝 놀랐다. 알고 보니, 투수 조 연습이 끝났지만 다른 선수들을 기다렸다가 함께 호텔로 돌아가야 해서 혼자 숙소까지 걸어간 것이었다. 타 구단에서는 보기 힘든 장면이었다.

한국 프로야구사에서 해태만큼 '저비용 고효율' 구단이 없었다. 향후에도 없을 것이다. 타이거즈는 11회 우승을 차지한 최다 우승 구단이다. 이 명문 구단은 하마터면 탄생하지 못할 뻔했다. 1981년 출범 당시 MBC와 야구인이 함께한 창단 계획에는 4구단 체제였는데, 호남·충청이 한 구단으로 묶여 있었다. 나머지가 서울·경기·강원, 대구·경북, 부산·경남 구도였다. 그러나 프로야구 출범 당시 진통 속에 서울MBC청룡이 독립하고, 충청과 호남이 분리되면서 명문구단 해태가 탄생한 것이다.

박건배 구단주의 야구사랑은 각별했다. 쇼맨십이 강한 '빨간 장갑의 마술사' 김동엽 초대 감독이 팀을 이끌었다. 시작은 약했다. 해태는 첫 해 선수 부족투수 6명, 야수 9명 등 총 15명에 시달리며 김성한을 투수 겸 3루수로 내세웠다. 그만큼 선수층이 얇았기 때문이다.

해태는 첫 시즌 후 삼성 라이온즈에서 주전 유격수 자리를 찾지 못한 서정환을 국내 첫 트레이드를 통해 데려왔다. 당시 삼성은 유격수 풍년이었다. 서정환은 가장 고참이지만 오대석, 천보성이 버티고 있어 경기를 뛸 기회가 거의 없었다. 그는 타격은 약해도 수비가 좋아 팀을 옮기면서 해태의 왕조 구축을 도왔다.

해태가 왕조로 등극하기 시작한 것은 출범 두 번째 해인 1983년부터였다. 화끈한 타격에 강속구 투수가 많았던 해태는 경기를 단기간에 끝내는 강력한 인상의 팀이었다. 덕분에 팬들이 점점 늘었다.

프로야구 출범 직전 '선진 야구를 배우겠다'며 미국 유학을 떠났던 김응용 감독이 1983년부터 호랑이 유니폼을 입었다. 그가 팀을 맡으면서 해태는 날개를 달기 시작했고, 1983년 한국시리즈에서 MBC에 4승 1무로 승리를 거두며 첫 우승을 차지했다. 김동엽 감독이 팀을 옮겨 MBC 사령탑을 맡았고, MBC는 '보너스 사건' 등으로 어수선한 분위기 속에서 해태에 완패하고 만다. 해태의 주포 김봉연은 그해 6월 28일 교통사고를 당했지만 8월 14일에 복귀, 한국시리즈 MVP가 되면서 팀의 우승을 이끌었다.

그 후 해태는 1986년부터 1989년까지 4년 연속 우승으로 최강 이미지를 구축했다. 1986년에는 OB로부터 한대화를 영입트레이드해 화제를 낳았다. 또한 김정수, 차동철, 신동수, 김대현 등 젊은 투수들의 입단은 왕조 구축의 기폭제가 됐다. 특히 에이스 선동열은 24승 6패 6세이브 0.99의 평균자책점으로 정규시즌 MVP가 되었고, 신인 김정수는 9승 6패 5세이브 평균자책점 2.65로 맹활약했다.

해태는 1987년 포스트시즌에서 OB에 3승 2패로 승리를 거둔 후

해태 타이거즈 명장 김응용 감독이 한국시리즈 우승 후
선수들에게 헹가래를 받는 모습. 스포츠서울 제공

한국시리즈에서 삼성에 4승 무패의 완벽한 전적으로 우승했다. 그러나 정작 어려웠던 건 OB와의 플레이오프였다. 그 중에서도 가장 기억에 남는 경기는 플레이오프 4차전. 해태는 3:4로 뒤진 9회 말, 김성한의 빛맞은 안타로 분위기를 바꿨다. 유격수 앞 땅볼이 내야안타가 돼 극적으로 3:3 동점을 이뤘다. 그리고 연장 10회 말 OB투수 최일언의 끝내기 폭투로 4:3 승리를 거뒀다.

1988년 김성한의 부상이라는 악재에도, 해태는 빙그레에 4승 2패로 이겨 우승했다. 해태는 그해 8월 27일 유망주인 투수 김대현이 교통사고로 사망하는 큰 사고가 있었지만 이를 극복했다. 1989년에는 조계현, 이강철이 입단해 투수력이 더욱 든든해졌다. 빙그레에 4승 1패로 4연속 우승의 금자탑을 쌓았다. 1988~1989년 빙그레는 김영덕 감독의 지휘 아래 막강한 전력을 갖췄다. 그러나 무등산 폭격기 선동열을 앞세운 해태를 꺾기엔 역부족이었다. 해태는 그 후에도 4차례 우승(1991년, 1993년, 1996년, 1997년)으로 불멸의 기록을 쌓았다. 1993년에는 이종범이 입단과 동시에 한국시리즈 MVP로, 1996년엔 선동열의 일본 진출과 김성한의 은퇴에도 불구하고 우승을 했다. 김응용 감독은 1983~2000년 사이의 18시즌 중 한국시리즈 9회 우승으로 최고의 승부사이자 최다승 감독으로 자리매김했다.

김봉연이 은퇴했지만, 선동열은 21승 3패 평균자책점 1.17로 정규시즌 MVP를 차지했고, 신인 이강철은 15승 8패 평균자책점 3.23으로 맹활약했다. 박철우는 한국시리즈 MVP 차지했다(5경기 타율 0.444, 1타점).

해태의 왕조 구축은 뛰어난 스타들이 많았던 데다 개성 강한 그들을 이끌고 간 김 감독의 리더십이 한데 뭉친 결과였다. 해태 전성기에 입던 유니폼은 강렬함의 상징이었는데, 탄생 배경이 재미있다.

보통 야구 유니폼은 검정색 하의를 선호하지 않는다. 더운 날씨에 열을 많이 흡수하기도 하고, 선수들의 움직임이 무거워 보이기 때문이다. 그런데 특이하게도 해태 원정 유니폼은 하의가 검정색이었다. 창단 시 박건배 구단주와의 술자리에서 유니폼 이야기가 나오자 김동엽 감독이 "고민할 거 있습니까? 저 술병에 있는 디자인대로 하면 되지요"라고 제안했다고 한다. 그 술병은 당시 해태가 판매하던 '드라이진'이었고, 영국 근위병이 술병의 모델이었다. 디자이너가 따로 없던 해태의 분위기를 그대로 보여준 한 단면이 아닐까. 그래도 그 유니폼을 보면 상대팀 선수들은 오금이 저리곤 했다 한다.

왕조를 이뤘던 해태 타이거즈는 모기업의 재정난으로 2001년 7월 18일 KIA에 매각돼, 8월 1일 KIA 타이거즈로 이름을 바꾸게 된다.

저돌적인 도전의 힘

현대 유니콘스와 김재박 감독

프로야구 출범 시 구단 창단 제의를 거절했던 현대는 태평양 돌핀스를 인수해 1996년부터 KBO리그에 참가하게 된다. 1981년 프로야구가 창립될 때 인천 연고 구단 후보로 기획된 현대는 이것이 무산된 뒤, 훗날 MBC 청룡 인수도 시도했다가 인천 연고의 태평양 돌핀스를 인수한 것이다. 프로야구 출범 후 15년을 돌고 돌아 마침내 KBO에 닻을 내린 것이다.

5년간 3번의 우승2000년, 2003년, 2004년을 기록한 김재박(1996년~2006년까지 재임) 호의 현대 유니콘스는 인천에서 1998년 첫 우승을 했다. 공격적 구단 운영의 현대는 박경완·조규제쌍방울, 이명수OB, 박종호LG를 보강하면서 페넌트 레이스에서부터 힘을 얻었다. 그해 정규리그에서 81승 45패승률 0.643로 1위를 한 후 한국시리즈에서 LG에 4승 2패를 거둬 통합 우승에 성공했다. 김재박 감독 롱런의 전환점이었다.

왕조의 시작을 알린 것은 2000년이다. 페넌트 레이스 1위에 이어 한국시리즈에서 두산에 4승 3패를 기록, 두 번째 통합 우승을 기록했다. 연고지를 서울로 옮기기 전 임시 홈구장인 수원에서 거둔 첫 우승이었다. 막강한 전력으로 개인 타이틀도 휩쓸었다. 타율 박종호0.340, 홈런 박경완40, 타점 박재홍115이 각 부문별 개인 타이틀을 차지할 정도로 역대급 전력이었다. 특히 선발 투수진으로 정민태, 임선동, 김수경이 각각 18승씩을 거두었고, 조웅천은 16홀드로 맹활약했다.

그해 KBO 정규리그는 8팀이 드림, 매직리그로 나뉘어 운영됐다.

2003년 한국시리즈에서 SK에 4승 3패로 우승한 그 해는 정민태가 일본에서 복귀했고, 심정수가 홈런왕 경쟁53홈런 142타점에서 맹활약했다. 박재홍KIA, 트레이드과 박경완SK, FA이 팀을 떠나 전력이 약화됐음에도 우승을 일궈냈다.

2년 연속 정상에 오른 2004년에는 한국시리즈에서 삼성에 4승 2패 3무로 승리를 거두었다. 무승부를 세 차례나 기록함에 따라 사상 첫 9차전 한국시리즈였다. 특히 빗속에서 강행된 9차전에서의 승리는 기억에 남는 장면이다. 이 우승 후 현대는 심정수, 박진만이 삼성으로 이적할 정도로 재정 악화가 심했고, 왕조도 막을 내렸다.

현대 유니콘스는 모기업과 닮은꼴의 저돌적인 스타일로 구단을 운영했다. 특히 선수단에 대한 대우와 지원은 타 구단 선수들의 부러움을 살 정도였다. 정몽헌 구단주의 적극적 지원과 프런트의 거침

2003년 한국시리즈 우승 직후 선수들로부터 헹가래 받는 김재박 감독. 스포츠서울 제공

없고 화끈한 운영 스타일은 왕조를 이루는데 큰 힘이 되었다.

구단주의 성향을 알 수 있는 재미있는 일화가 있다. 첫 우승을 한 1998년, 현대는 이를 축하하며 선수단과 야구 관계자들을 금강산 관광에 초청했다. 야구 관계자, 언론 관계자도 포함된 대규모 인원이었다. 유람선에서 숙박을 하던 중, 정몽헌 구단주와 구단 임원, 야구 관계자들이 자리를 함께 했다. 정몽헌 회장은 "야구도 빨리 일본을 잡아야 합니다. 3~4년 내에는 잡아야지요"라고 했다. 나는 "야구는 하루아침에 따라잡기 힘든 스포츠입니다. 프로야구는 일본이 우리보다 46년 앞서 출범했고, 고교 야구팀 수에서부터 큰 차이가 나므로 그렇게 빠른 시일 내에 따라잡기는 어렵습니다"라고 이야기했다.

그러자 정몽헌 회장은 "야구인들이 그렇게 생각하는 게 문제가 아닌가요? 따라잡을 수 있고, 반드시 따라잡아야 합니다"라며 현대그룹 특유의 저돌적 도전을 강조했다. 정 회장의 이야기에 나는 지지 않았다. "야구는 대기업 건설회사 운영하듯이 되는 게 아닙니다. 아무리 노력해도 10년은 넘게 걸립니다"라고 대화를 이어갔다. 정몽헌 회장은 끝까지 내 말에 동의하지 않았다. 옆에 앉았던 현대 임원이 내 다리를 꼬집으며 '그만하라'는 신호를 줬다. 나는 속으로 '재벌 오너들은 왜 남의 이야기를 잘 듣지 않을까'라고 생각했다. 그러나 그때 정몽헌 회장에게 받은 인상은 아주 강렬했다. 내심 '저래서 현대가 단기간에 세계적인 기업 반열에 올라서고 야구단도 그렇게 짧은 기간 안에 호성적을 올리는구나'라고 생각했다.

선수 시절부터 슈퍼스타였던 김재박 감독은 KBO 무대 최초로, 선수1990년 LG트윈스와 감독 신분으로 우승을 모두 맛본 영예를 안은 인물이다. '그라운드의 여우'란 별명으로 불리던 선수 시절 못지않게 감독으로서도 뛰어난 역량을 발휘했다. 1장에서 밝혔지만, 처음에는 2년 계약도 주저했던 구단은 무려 11시즌을 그와 동행하면서 왕조를 이루었다. 모기업의 부도가 없었더라면 김재박 감독의 현대는 아마 해태에 견줄만한 우승 횟수를 기록했을지도 모르겠다.

개성만큼 극적인 승리

SK 와이번스와
김성근 감독

2006년 가을 일본 나리타 공항. SK 와이번스 감독 부임을 위해 김성근 감독은 탑승 전 TV를 보고 있었다. 닛폰햄 파이터스와 소프트뱅크 호크스의 클라이막스 시리즈 2차전. 김 감독은 9회 말 닛폰햄 공격 2사 1, 2루 상황에서 이나바 아츠노리 선수(지금은 일본 야구대표팀 감독이다)의 2루수 옆 내야 안타로 2루 주자가 홈으로 들어와 결승점을 얻는 장면을 보면서 느끼는 바가 컸다고 한다. 당시 SK는 3안타를 치고도 홈에 못 들어오는 경우가 제법 있었다.

2007년~2008년 2연패 성공, 2010년에 다시 우승을 기록했다.

"너희들이 가출 소년들이냐? 3안타에도 홈에 못 들어오게?"라는 호통으로 시작된 강훈은 김 감독의 '트레이드마크'답게 팀 변혁에 박차를 가했다. 김 감독은 "프로는 선수에게 돈으로 주어라(프로팀 감독은 선수의 몸값을 키워줘라)", "감독은 '사람이 없다, 돈이 없다'는 핑계를 대면 안 된다"는 이야기를 자주 할 정도로 냉철하고 강단 있는 리더십을 보여줬다.

출발은 순탄치 않았다. 전력 자체가 다른 팀들을 압도할 정도는 아니었다. 정근우는 송구가 정확하지 않아 포지션이 불분명했고, 조동화는 원래 중견수였지만 어깨가 더 강한 김강민으로 교체됐다. 지금은 강타자가 된 최정은 수비에서 보완할 점이 있었다. 최정은 국내 최고의 3루수로 자리매김했지만, "최정의 수비를 만들어보자!"는 감독의 계획이 없었다면 오늘의 그가 아니었을 수도 있다.

왕조의 시작은 김성근 감독 부임 첫 해인 2007년 페넌트 레이스 1위와 한국시리즈 우승두산전 4승 2패이었다. 당시 SK는 김경문 감독이 이끄는 두산에 2연패한 후 4연승을 거둬 파란을 일으켰다. 2008년 한국시리즈에서도 두산에 4승 1패를 거둬 2년 연속 우승의 쾌거를 이뤘다. 좌완 에이스 김광현현 세인트루이스이 정규시즌 MVP16승 4패 평균자책점 2.39, 타자 최정이 한국시리즈 MVP로 선정되는 등 큰 역할을 했다.

2009년엔 페넌트 레이스 2위로 한국시리즈에 진출했지만, KIA에 3승 4패로 무릎을 꿇었다. 시즌 중 김광현, 박경완의 부상으로 우승을 놓친 김성근 감독은 2010년 한국시리즈에서 삼성에 4승 무패로 압승하며 3번째 우승을 차지했다. 탄탄한 전력에 김광현의 복귀는 큰 힘이 됐다.

김성근 감독은 그러나, 2011년 구단과의 마찰로 8월 18일 해임되고 만다. 지금은 일본 프로야구의 명문 구단으로 발돋움한 소프트뱅크의 코치 고문으로 재직하고 있다.

2007년 SK 와이번스 홈 개막전,
김성근 감독 시구 후 모습.

한국 야구계에서 김성근 감독만큼 화제를 몰고 다닌 감독도 없을 것이다. 재일동포인 그는 1942년 일본 교토에서 출생, 가쓰라 고등학교를 졸업한 후 한국으로 건너왔다. 1960년 부산 동아대학을 중퇴하고 실업팀 교통부, 기업은행을 거쳐 지도자의 길로 들어섰다. 프로야구 원년 OB 베어스 코치를 시작으로 KBO에서만 OB, 태평양, 삼성, 쌍방울, LG, SK, 한화의 감독을 지냈다. 해태와 롯데를 제외한 거의 모든 구단의 지휘봉을 잡은 셈이다. KBO 구단들 중에서도 특히 우승에 목마른 구단들 사이에 인기가 많았다. 정작 김성근 감독은 "재일동포 야구단으로 한국에 왔을 때 쓰러지면 일으켜주는 사람이 없다"며 냉정한 현실을 느꼈다고 토로한 바 있다.

재일동포면서 KBO 감독을 역임한 이는 김성근 감독 외에도 김영덕, 신용균, 송일수 감독이 더 있다. 그 중 한국시리즈 우승을 이끈 감독은 김영덕(1982년 OB 베어스)과 김성근, 두 명뿐이다.

KBO에서 총 2,651경기1,388승 1,203패 60무 승률 0.536를 치른 그의 기록은 어느 누구도 넘볼 수 없는 대기록이다. 한겨울 오대산 얼음물에 입수한 극기 체험, 밤을 꼬박 새우며 기록을 분석하는 정성, 게임 당일까지도 베일에 싸인 라인업 짜기, 지독한 연습량과 지옥 훈련, 구단과의 잦은 마찰 등 그를 둘러싼 무수한 에피소드는 40년 프로야구사에서 찾아보기 힘든 전설적인 일화들이다. 그만큼 매스컴의 주목을 받으며 가장 많은 화제를 만들어낸, 독특한 캐릭터의 감독이었다. 어찌 보면, 그의 스타일을 좋아하는 야구팬들과 싫어하는 팬들이 극명하게 나뉘는 것도 당연하다.

쌍방울, SK, 한화 감독일 때는 시즌 중에 경질됐다.

또한 지도자로서 운신의 폭이 넓은 감독이기도 했다. 고교 감독을 거쳐 실업팀, KBO, 독립구단, 일본야구까지 다양한 필드에서 지도자를 지낸 남다른 커리어의 소유자다. 프로야구 출범 전에는 가끔 방송 해설도 했는데, "유격수가 갸꾸로역모션 잡아 1루에 송구했다"는 멘트 후 해설과 거리를 두었다. 여담이지만, 동양방송TBC은 그 뒤를 이을 해설자를 물색하던 중 배구 해설위원 오관영 씨의 추천을 받아 하일성 씨를 데뷔시켰다. 이후 TBC가 KBS로 통합되면서 하일성 씨는 큰 반향을 불러일으켰다.

감독의 개성만큼이나 극적인 전력 상승과 선수 육성으로 전성기를 누린 SK. 여기에는 독특한 개성에 자신의 뚜렷한 야구철학을 피력한 감독의 진심이 있었다는 사실을 부정할 수 없겠다.

우째 이런 일이

삼성 라이온즈와 류중일 감독

"우째 이런 일이 생기는지 모르겠네요. 참 답답합니다. 주력 투수가 빠진 가운데 한국시리즈를 치러야 하니…. 그래도 있는 선수들로 해봐야지요. 허허허."

2011년~2016년 6시즌 중, 4회 우승(2011년~2014년)과 정규 5회 우승(2011~2015)을 기록했다.

류중일 감독이 특유의 너털웃음을 지었다. 2015년 한국시리즈를 앞둔 삼성 라이온즈에 청천벽력 같은 소식이 날아들었다. 4년 연속 페넌트 레이스 1위와 한국시리즈 우승을 차지한 삼성 라이온즈가, 2015년에도 페넌트 레이스 1위로 '5년 연속 통합 우승'이라는 대기록을 눈앞에 둔 때였다. 윤성환, 안지만, 임창용 선수의 해외 원정 도박사건이 터진 것이다. 삼성의 분위기는 그야말로 '우째 이런 일이…' 하는 통탄으로 가득했다.

결국 이들 세 명은 한국시리즈 엔트리에서 제외되고, 한국시리즈는 더스틴 니퍼트가 맹활약한 두산에게 1승 4패로 허무하게 끝나고 말았다. 바로 1년 전 삼성은 오승환의 일본한신 타이거즈 진출 후 임창용을 영입, 뒷문을 잘 걸어 잠근 덕에 4년 연속 통합우승을 했다. 그러나 2015년 한국시리즈에서는 안지만, 임창용의 부재로 구원진의 장점을 잃은 것이다.

2011년~2015년 시즌 동안 삼성은 2012년 일본에서 활약하던 이승엽의 복귀로 공격에 탄력을 받았다. 삼성이 5회까지 리드하면, 막강한 구원투수진 탓에 상대 팀들은 역전을 꿈도 못 꿨다. 안지만, 권오준, 권혁, 오승환 등으로 짜인 구원진은 질과 수적인 면에서 KBO 사상 최고의 역량을 자랑했다.

출범 첫 해부터 최강 전력으로 평가 받았던 삼성 왕조의 하이라이트가 류중일 감독 재임 기간인 것은 아이러니하다. 삼성은 1985년 김영덕 감독 시절 전·후기 통합 우승 이후, 한국시리즈에서 번번이 실패했다. 결국 2001년 '우승 청부사' 김응용 감독을 영입, 이듬해 처음으로 한국시리즈 우승을 차지했다.

그 후 안정된 전력이 구축되면서 선동열 감독이 두 차례 우승2005년, 2006년을 기록하고, 그 뒤를 이어 받은 류중일 감독이 대기록을 수립했다. 해외 원정 도박사건이 터지지 않고 5년 연속 통합 우승이 이루어졌다면 그것은 정말 깨기 힘든 역대급 기록이 되었을 것이다.

전성기를 누린 동안 류 감독과 호흡을 함께한 김인 사장에 관한 이야기를 소개하지 않을 수 없다. 김 사장은 재임 기간 동안 한 경

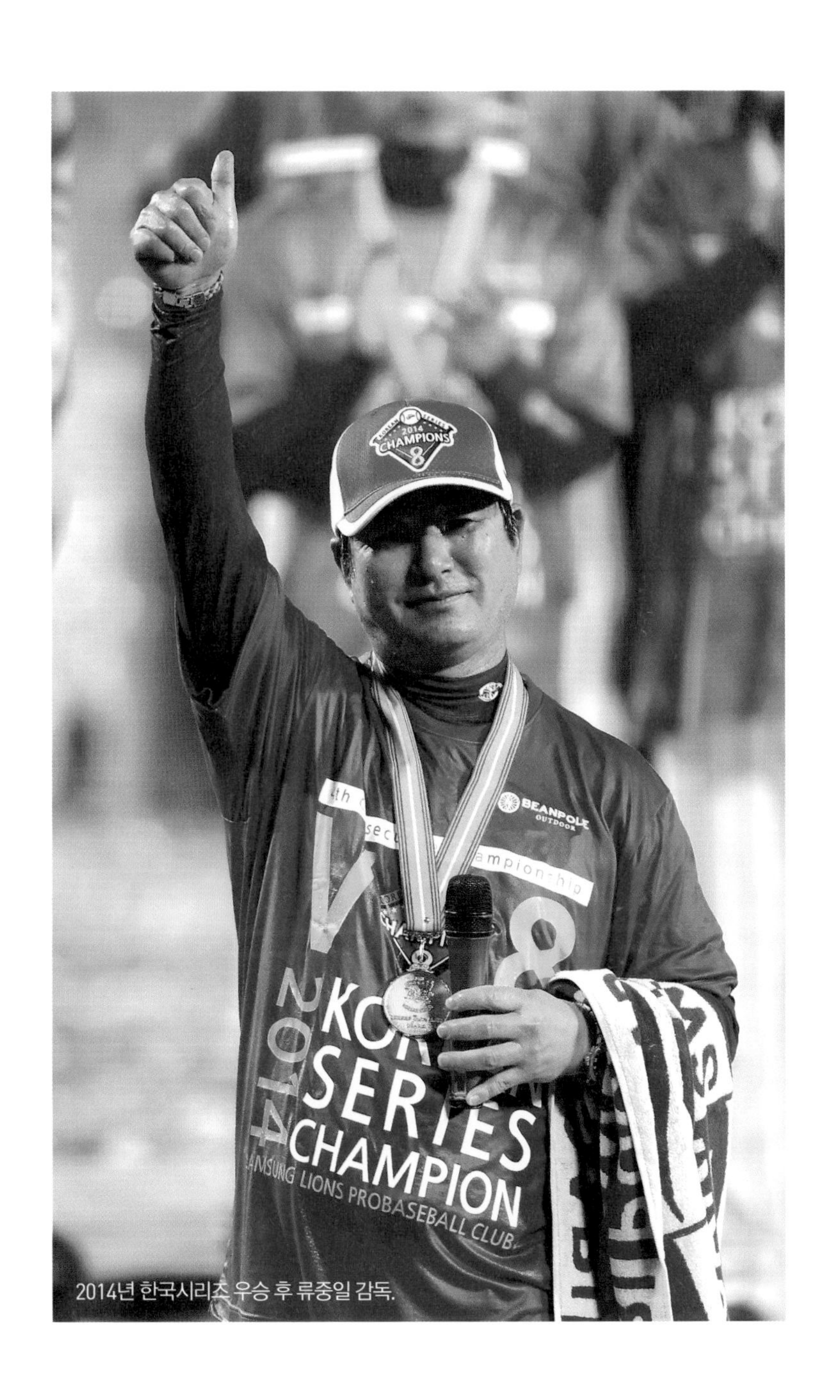

2014년 한국시리즈 우승 후 류중일 감독.

기도 빼놓지 않고 관전할 정도로 야구단에 대한 관심과 근성이 높았다. 또 프런트에 '선수단의 경기 운영에 관한 일체의 언급 금지'를 고수하면서 통합 4연패를 도왔다. 프런트와 현장 간의 소통과 호흡이 얼마나 중요하고 큰 몫을 차지하는지를 보여준 사례다. 삼성이 그것을 깨닫는 데는 20년이 걸렸다.

류중일 감독은 1987~1999년까지 삼성 라이온즈의 '원 클럽맨'이었다. 화려한 선수 생활과 함께 감독으로서도 대성공을 거둔 대표적인 삼성맨. 원 클럽 선수 출신의 감독이 그 팀에서 페넌트 레이스 5회 우승, 한국시리즈 4회 우승을 거둔 것은 류 감독이 유일하다.

그는 "LA 다저스의 베로비치 캠프에 참가해 선진 야구를 경험한 것이 지도자 생활에 큰 도움이 되었다"고 말했다. 김응용 감독이 삼성에 부임한 당시 수비 코치였던 그는 수비 포메이션을 놓고 해태에서 온 코치들과 이견이 생겼다. 어찌 보면 구단마다 약간씩 차이가 있는 것이 당연하고, 감독·코치에 따라 달라지는 게 현실이다. 그러나 당시 류중일 코치는 "우리는 이런 포메이션으로 계속 해왔다"고 김 감독을 설득해 삼성의 이론을 그대로 유지했다. 이 이야기는 그의 확고한 수비론을 잘 보여준 일화로 유명하다. 2018년부터 LG 트윈스 사령탑을 맡았던 그는, 2019년~2020년 팀을 포스트시즌에 진출시켰으나 2020년을 끝으로 감독에서 물러났다.

우승은 '카리스마'와 '소통'에서

두산 베어스와 김태형 감독

김태형 두산 감독은 2015년 취임 후 6년 연속 팀을 한국시리즈에 진출시킨 최초의 지도자로, 프로야구 40년사에 새로운 명장으로 각광을 받고 있다. 감독 재임 6년 동안, 3차례 우승2015년, 2016년, 2019년을 일궈냈다.

그가 첫 우승을 한 2015년은 기억에 남는 시즌이었다. 2015년 페넌트 레이스 3위로 올라가 한국시리즈에서 삼성에 4승 1패로 우승을 거두는 과정은 드라마틱했다. 준플레이오프에서 넥센에 3승 1패, 플레이오프에서 NC에 3승 2패라는 성적으로 어렵게 관문을 통과한 후, 한국시리즈에서 삼성에 4승 1패로 첫 우승을 차지한 것이다. 특히 넥센전의 승리는 기억에 남는 극적인 승부였다. 10월 14일 준플레이오프 4차전 경기에서 6회까지 넥센에게 7점차2:9로 지고 있

2015년 한국시리즈 우승 후 김태형 감독.

었다. 그러나 7~9회에서 9득점을 얻어내며 역전승했다.

그 해는 삼성이 해외 원정 도박 사건으로 주축 투수들이 엔트리에서 제외된 때라, 어찌 보면

7회에서 2점, 8회에서 1점, 9회에서 6점 득점했다. 포스트시즌에서 역대 최다 점수 차로 역전승을 거둔 것.

쉽게 한국시리즈 챔피언에 오른 것인지도 모른다. 흔히 한국시리즈 우승은 실력뿐만 아니라 운도 따라야 한다고 말하는데, '하늘이 돕는다'는 말이 새삼 와 닿는 우승이기도 하다. '정규리그 3위의 한국시리즈 우승'을 사상 세 번째로 기록한 그때만 해도, 김태형 호가 계속해서 빛나는 성적을 올릴 것이라고 보는 이는 많지 않았다. 하지만 한국시리즈 MVP 정수빈이 4경기에서 타율 0.571, 1홈런 5타점으로 맹활약했고, 허경민은 단일 포스트시즌에서 최다[23개] 안타를 치는 등 1990년생 동기들이 펄펄 날면서 김 감독의 첫 우승에 기여했다.

2016년 두산은 한국시리즈에서 NC에 4승 무패로 우승하며 페넌트 레이스 1위 팀의 능력을 보여줬다. 특히 단일 시즌 최다승[93승]이라는 엄청난 기록도 남겼다. 강타자 김현수가 MLB로 가면서 생긴 공백을 김재환과 오재일을 발굴해 메웠고, 리그 최초로 15승 이상의 선발 투수 4명을 탄생시키면서 타 팀들을 압도했다. 한국시리즈 MVP 양의지는 4경기에서 타율 0.438, 1홈런 4타점으로 활약하며 강한 포수의 존재감을 다시 한 번 일깨워줬다.

더스틴 니퍼트 22승, 마이클 보우덴 18승, 유희관 15승, 장원준 15승의 기록이다.

그러나 2017년 한국시리즈에서 KIA에 1승 4패, 2018년 한국시리즈에서는 SK에 2승 4패로 고배를 마셨다가, 2019년 다시 한 번 값진 우승을 한다. 두산은 절대적인 전력으로 평가받던 포수 양의지가 FA가 되면서 NC로 이적한 터라 우승이 어려울 것으로 예상됐다. 그럼에도 불구하고 또 다른 안방마님 박세혁이 그 공백을 잘 메꿔주며 왕조를 탄생시켰다.

두산은 2019년 8월 15일까지 정규리그 3위로, 1위 SK와는 무려

9경기 차였다. 그러나 정규시즌 마지막 경기10월 1일 잠실 NC전에서 박세혁의 끝내기 안타로 극적인 역전승을 거둬 1위를 차지했다. 사기가 오른 두산은 한국시리즈에선 키움에 4전 전승으로 낙승을 거뒀다. 린드블럼과 이영하가 마운드에서, 박건우, 오재일, 페르난데스 등이 타석에서 좋은 활약을 했다.

김태형 감독은 2020년 페넌트 레이스에서는 3위를 차지했다. 그리고 포스트시즌에서 LG, KT를 잇따라 꺾고 한국시리즈에 올랐지만 NC에 2승 4패로 무릎을 꿇고 말았다. 약화된 전력 속에 6년 연속 한국시리즈에 진출한 것은 대단한 성과였다.

김태형 감독은 장점이 많은 감독이다. 두산 왕조를 굳히고 있는 그 속을 찬찬히 들여다보면 소통과 뚝심 리더십, 과감한 경기 운영과 결단력, 뚜렷한 소신과 야구관 등을 두루 갖춘 인물임을 알 수 있다.

2020시즌까지 기록을 보면 김태형 감독은 페넌트 레이스 승률 부분에서 역대 감독들 중 1위를 달리고 있다. 선수들이 뛰어나서 가능했던 것일까? 천만의 말씀이다. SK 코치에서 친정팀인 두산 감독으로 부임한 후 그는 경기 도중 팀의 간판선수를 불러 꾸짖은 적이 있다. 타자가 치고 나서 1루까지 최선을 다해 뛰지 않았기 때문이다. 간판선수에게의 질책성 주문을 하는 것은 자연스레 전체 선수단에게 큰 메시지로 전달된다는 계산이 깔려 있었다. 10구단 감독 중 카리스마가 가장 강한 감독 중 하나로 그를 꼽는 대목이다.

1위 김태형(0.603), 2위 김영덕(0.596), 3위 류중일(0.565) 감독이다.

하지만 카리스마와 더불어 소통의 역할도 잘 알고 있다. 그는

2020년 한국시리즈 NC전을 앞두고 “감독은 고집이 세면 안 되는 것 같습니다. 페넌트 레이스 투수 운영도 5할 승부 이상을 기본으로 합니다”라고 했다. 우수한 선수들과 함께 허슬 플레이, 팀플레이를 강조하는 리더십으로 최고 감독의 반열에 올랐다. 두산이 만일 FA로 김현수, 양의지 등 스타들을 타 팀에 보내지 않았으면 지난 6년 동안 3번만이 아니라 더 많은 우승을 했을지도 모른다.

“주어진 환경에서 최선을 다해야지요. 그러나 요즘은 FA 선수들에게 강하게 주문하기가 힘듭니다. 팀 사정상 모두 잡을 수 없기에….”

1967년생인 그가 감독으로 활약하는 동안 역대 최고 승률을 유지할 것인지, 또 몇 번의 우승을 더 거둘 것인지 앞으로의 행보가 사뭇 궁금하다.

CHAPTER 03

한국 프로야구의 별들

BASEBALL STORY #03

중국 송나라 때 소설 〈장강후랑추전랑長江後浪推前浪〉에는 장강의 뒷 물결이 앞 물결을 밀어내듯 시대마다 새 사람이 옛사람을 대신한다는 '일대신인환구인一代新人換舊人'이라는 말이 나온다.

프로야구도 예외가 아니다. 매년 입단하는 신인 선수들이 각 구단마다 10명을 넘는다. 10개 팀을 합산하면 백 명도 넘는 수다. 해마다 수많은 선수들이 혜성처럼 등장했다가 지는 별처럼 사라지는 것이다. 이들 중 누가 영원히 사라지지 않고 야구팬들의 기억에 오래 남는 스타가 될까.

이 장에서는 타고난 재능, 피땀과 맞바꾼 노력과 철저한 자기 관리, 남다른 투지와 근성, 그리고 때로는 좋은 지도자와 팀을 얻는 천운이 더해져, 한국 프로야구사에서 '지지 않는 별'이 된 선수들을 불러내본다.

데이터가 말해주는 최고의 투수

선동열

"선동열이 어떤 투수인가요?"

1984년 3월, 미국 플로리다 주에 있는 베로비치 다저 타운에서 알 캄파니스 LA 다저스 단장이 다짜고짜 나에게 물어왔다. 그리고 "메이저리그에 오면 몇 승을 할 수 있겠습니까? 계약금은 얼마나 주면 될까요?"라고 잇따라 질문했다.

나는 "10승 이상이 가능할 겁니다. 계약금은 적어도 50만 달러 이상은 줘야지요"라고 답했다. 캄파니스 단장은 "선동열이 오도록 도움을 주면 대가로 5천 달러를 드리겠습니다. 좀 도와주십시오"라고도 했다. 내 대답은 이랬다. "나는 방송사 해설자입니다. 그런 일에 일체 관여할 수 없습니다. 해태가 그를 애타게 기다리고 있는데, 내가 개입하면 해태 팬들이 난리가 날 것입니다"라고.

당시 나는 피터 오말리 LA 다저스 구단주의 초청으로 스프링캠프에 선진야구를 배우러 갔다. 랄프 아빌라 스카우트는 그가 작성한 선동열, 최동원, 김재박의 스카우팅 리포트를 나에게 직접 보여줬다. 투수 중심의 야구가 팀 컬러였던 다저스의 리포트에는 한국에서 최고의 투수로 평가받던 최동원보다 5살 아래인 선동열에게 더 큰 관심과 후한 평점이 기록돼 있었다.

그해 여름 샌프란시스코에서 올스타전이 열렸고, 캄파니스 단장과 호텔 로비에서 다시 마주쳤다. 그는 나를 보자마자 "내 방으로 가서 이야기 좀 합시다"고 했다. 칵테일을 한 잔 권하면서 "미스터 허의 입장을 모르는 건 아닙니다. 하지만 우리 팀에 선동열이 꼭 필요하니 도와 주십시오"라고 했다.

그러나 나는 샌프란시스코 올스타전 이후에도 선동열에게 다저스 이야기를 하지 않았다. 또 다저스가 부탁한 선동열에 대한 최신 자료도 보내주지 않았다. 다만 나는 "곧 LA 하계올림픽 시범경기에 선동열이 대표팀으로 오니, 직접 그가 던지는 공을 보고 접촉하는 것이 좋을 겁니다"라고 했다. 그때 선동열은 MLB 진출을 원했지만, 병역 문제로 MLB행은 결국 이루어지지 않았다.

1991년이 돼서야 내가 다저스와 했던 뒷이야기를 선동열과 나눈 바 있다. 선동열은 "1984년에 LA에서 알 캄파니스 단장을 만났습니다. 미국에 올 수 있느냐고 물어봐서 군 복무 문제로 안 된다고 했죠. 다저스는 입단 보너스로 50만 달러를 제의해 왔습니다"라고 말했다. 캄파니스 단장이 선동열과 접촉을 했던 것인데, 만약 그가 메이저리그에 갔다면 10년간 매년 10승 이상은 기록했을 것이다. 20

선동열, 수식어가 필요 없는 최고의 투수. 스포츠서울 제공

대 초반이었던 그의 나이를 감안하면 아시아인 최고 기록까지 수립했을 것이라 믿는다.

선동열은 1999년 주니치에서 은퇴했지만, 만일 메이저리그에 진출했더라면 프로선수로 더 오래 활동했을 것이다. 메이저리그의 치열한 경쟁 분위기는 두주불사형인 그에게 더 강한 동기 부여가 됐을 것이기 때문이다. 선동열은 1999년 일본야구를 끝냈을 때도 메이저리그에서 러브콜을 받았다.

선동열은 KBO리그에서 367경기 146승 40패 132세이브 평균자책점 1.20, 일본에서 162경기 10승 4패 98세이브 평균자책점 2.70을 기록했다. 한국에서 0점대 평균자책점 5시즌, 주니치에서 1점대 평균자책점 2시즌 등, 데이터가 말해주듯이 최고의 투수였다.

그는 선배인 최동원과 불꽃 튀기는 명승부를 펼칠 만큼 강한 승부욕과 뛰어난 도전 정신의 소유자였다. '무등산 폭격기'는 스포츠서울에서 활약한 야구기자 신명철 씨가 붙여준 멋진 별명이었다.

최고의 슈퍼스타였던 그는 감독으로서도 성공했다. 삼성 라이온즈 감독을 지내는 동안 2차례 우승2005, 2006년을 기록해 지도자로서 인정받았다. 고향 팀 KIA 타이거즈 감독에서 물러난 뒤에는 국가대표팀 감독을 맡아 2018 아시안게임 금메달을 차지, 국제대회에서도 능력을 인정받았다.

그러나 국가대표 선수단 구성 문제로 국감 증인으로 나서는 수모를 당하기도 했다. "국가대표 감독이 국정 감사대에 선 것은 제가 처음으로 알고 있다"고 말문을 연 그는 "오직 경기력만 생각해서 대표단을 선발했다"고 답변하며 국회의원들에게 강한 불만을 토로했다. '국보'로 불리는 그의 야구 인생에서 가장 치욕이 된 사건이 아닐 수 없다. 정치가 스포츠에 개입되면 진정한 스포츠 정신도, 국보도 훼손된다는 것을 잊지 말아야 한다.

동료애 넘치는 따뜻한 무쇠팔

최동원

무쇠팔, 황금팔, 한국시리즈 4승 투수, 고교 1학년 때 어깨 보험 가입, 선동열과의 명승부, 토론토 블루제이스와의 계약, 그러나 메이저리그 진출 불발, 부친 최윤식 씨의 열혈 매니지먼트, 최동원 상 제정.

위대한 투수 최동원을 설명하는 수식어는 무수히 많다. 그는 1970년대부터 한발 앞서가는 야구를 한 선수였다. 한국 프로야구사에서 그만큼 많은 화제를 낳은 선수도 찾기 힘들 것이다. 또한 그가 메이저리그와 처음으로 계약을 했던 선수라는 사실을 아는 야구팬은 많지 않다.

1990년 내가 토론토 블루제이스 마이너리그 로빙코치를 할 때였다. 스프링캠프 코칭스태프 미팅 때, 선수 로스터 제일 아래에 최동원의 이름이 있어 깜짝 놀랐다. "아니, 최동원이 왜 여기 있죠?" 구단 관계자는 "우리 구단 소속이니까요. 그가 MLB에 올 땐 우리 구단으로 와야 합니다"라고 답했다. 난 그제야 최동원이 토론토와 계약했었다는 걸 알았다.

그를 스카우트한 웨인 모건 씨는 지금도 나와 연락을 주고받는 사이다. 언젠가 캘리포니아 주 페블비치에 있는 자택에서 그는 오래된 서류를 보여주었다. 최동원과 토론토 블루제이스 양측의 사인이 있는 계약서였다. 모건 씨는 "아직도 그가 왜 오지 않았는지 안타깝습니다. 최동원은 지금껏 봐온 숱한 아마추어 투수들 가운데서도 최고의 투수 중 한 명이었거든요. 아직 그만한 투수를 보지 못했습니다"고 하면서 "MLB에 왔으면 바로 10승 투수가 되었을 텐데 말이죠"라고 아쉬워했다.

최동원은 아마추어 시절은 물론이고, 프로에 입단해서도 많은 기록을 남긴 불세출의 투수였다. 1984년 한국시리즈에서 7전 가운데 혼자 4승을 거두는 괴력을 발휘하면서 롯데의 첫 우승을 이뤄냈다. 특히 최강 전력을 자랑하던 삼성에 맞서 극적으로 이룬 "기적 같은" 승리였다. 당시 나는 현장 중계를 했는데, 최동원의 역투는 현대야구에서 보기 힘든 것으로 앞으로는 절대 나오기 힘든 기록이다. 1983년부터 1990년까지의 KBO에서 103승 74패 26세이브 2.46의 평균자책점을 기록했다. 1989년~1990년 삼성에서 마지막 선수 생활을 한 그는 당시 초대형 트레이드로 화제를 불러일으켰다.

최동원 하면 선동열을 함께 떠올리지 않을 수 없다. 두 선수는 한국 야구사에서 최고의 투수로 평가된다. 1987년 5월 16일, '사상 최고의 맞대결'로 꼽히는 경기에서 최동원이 15이닝 209구, 선동열은

불세출의 투수 최동원.

15이닝 232구의 명승부를 펼친 적이 있다. 그때 나는 롯데 타격코치로 있었는데, 코치진에는 선동열의 고교 시절 감독 김청옥, 조창수 코치도 있었다. 숨 막히는 역투 속에 이 둘의 자존심이 불을 뿜었다. 코치들조차 투수 교체를 말할 수 없는 분위기였다. 한국시리즈도 아닌 패넌트 레이스에서 팀 에이스들이 200구가 넘는 공을 던졌으니, 요즘 같으면 선수 혹사라고 여론의 몰매를 맞았겠지만 끝을 모르는 두 투수의 승부욕은 정말 대단했다.

최동원은 '90만 원 사건'처럼 굴곡도 많았다. 1987년 14승 12패 2세이브 평균자책점 2.81을 기록했던 최동원에 대해 롯데구단은 "약간의 연봉 인하 요인이 있지만, 에이스인 만큼 동결시켜줄 계획"임을 밝혔다. 그러자 최동원의 부친 최윤식 씨가 거세게 항의했다. "이게 무슨 소리인가? 엄연히 약정이 있는데, 이를 파기하자는 얘기냐? 그럼 약정 없이 계약하자!"며 새로운 약정서를 제시한 것이다. 최윤식 씨는 구단을 찾아가 연봉 90만 원 인상을 요구했다.

최윤식 씨의 연봉 인상 요구를 보고 받은 롯데 구단 박종환 전무는 기자들과 술자리를 하던 중 "XX 육갑하고 있네"라고 혼잣말을 내뱉었다. 그런데 누구를 통한 것인지 모르지만 이 말이 최윤식 씨에게 그대로 전달됐다. 발끈한 최윤식 씨는 구단 측에 사과문을 요구했다. 선수 비방 금지, 강압적 태도 금지, 자신을 향한 인신공격에 대한 사과 요구였다. 그러나 이는 최동원과 롯데구단 모두에게 악재가 됐다. 급기야 최동원은 팀 훈련에서 제외되고, 은퇴도 불사하겠다는 의사를 밝히며 구단과 대립했다. 그러다가 KBO 중재로 전반기 폐막 직전인 6월 29일, 가까스로 롯데와 계약을 체결했다.

그 후 최동원은 변호사에게 법률자문을 구하면서 선수회 결성을 준비했다. 8월 10일에는 선수협의회를 비밀리에 구성했다. 그해 9

월 13일 대전 유성호텔에서 프로야구 선수협회가 기습적으로 창립총회(회장 최동원, 부회장 이광은, 고문 최윤식)를 열었다. 9월 30일 계룡산 동학사 앞 식당에서 대의원총회를 열기로 했으나 정족수 미달(총 인원 44명 중 20명 참석)로 총회 개최가 불발됐다. 그러자 KBO와 구단은 10월 6일 선수협 관련 선수 20명과 재계약을 하지 않겠다고 선언한다. 비판적인 여론이 일자 10월 16일 KBO와 선수협은 모든 것을 백지화하는 조건으로 선수 구제 방침을 제안하여 극적으로 사태를 수습했다.

최동원은 11월 22일 삼성으로 트레이드됐다. 롯데는 최동원, 오명록, 김성현을 삼성으로, 삼성은 김시진, 전용권, 오대석, 허규옥을 롯데로 보낸 대형 트레이드였다. 만약 90만원 사건이 없었더라면 그는 롯데를 떠나지 않았을 것이다. 그랬다면 롯데의 영원한 프랜차이즈 스타로 남아 고향인 부산에서 지도자 생활을 하지 않았을까?

부산 사직구장에는 지금도 그의 영구결번과 동상이 있다. 그러나 롯데에서 코칭스태프를 해보지 못한 채, 2011년 9월 14일 대장암으로 세상을 떠났다. 그와 팬들의 마지막 만남은 그해 7월 22일 군산상고와 경남고 레전드 매치 때였다. 복부에 물이 차 마지막이 얼마 남지 않았음을 알 수 있을 정도로 건강 상태가 많이 악화돼 있었다.

뛰어난 투수로 누구보다 뜨겁게 선수 생활을 했고, 마운드를 내려와서는 선수 복지와 권익 보호에 앞장서며 구단과 투쟁한 것으로 기억되는 최동원. "선배님. 저는 이 병을 이길 수 있습니다. 걱정하지 마세요!"라고 내게 말하던 장면이 지금도 눈앞에 선하다.

마운드
위의 스타

박철순

1982년 프로야구는 개막 전부터 극적이었다. MBC 청룡 이종도가 극적인 만루 홈런으로 시작하더니, 한국시리즈에서는 OB 베어스 김유동의 만루 홈런으로 프로야구 첫 해의 끝을 멋있게 장식했다.

그러나 마운드 위의 박철순만큼 큰 인기를 얻은 선수는 없었다. 1982년 OB가 원정경기를 하러 가면 코치들의 임무 중 하나가 박철순이 투숙한 층의 경비(?)를 서는 일이었다. 밤늦게 호텔로 찾아온 극성스러운 팬들, 특히 여성 팬들이 방문을 노크하는 경우가 있었기 때문이다.

"하루는 누가 노크를 하길래 동료인 줄 알고 '예' 했더니 웬 여자가 방으로 불쑥 들어왔어요. 깜짝 놀라서 함께 있던 동료와 몸을 숨겼는데, 우리보다 그 여성이 더 놀란 것 같더군요. 우린 팬티만 걸치고 있었거든요"

한번은 내가 한 여성 팬에게 박철순의 어떤 점이 가장 매력적이냐고 물었다. "마운드에서 투구할 때 모자를 벗고 머리를 쓸어 올리는 모습이 정말 멋있어요. 매너도 좋고 미남이잖아요"라고 했다.

그가 프로 원년인 1982년 22연승이란 대기록을 세운 데에는 김영덕 감독의 배려도 있었다. 그러나 박철순의 뛰어난 능력이 없었다면 불가능한 기록이다. 24승 4패 7세이브 평균자책점 1.84, 승률 0.857을 기록, 투수 부문 3관왕을 차지했다.

박철순(최동원의 2년 선배)은 부산 경남중학교와 서울 배명고를 졸업했다. 연세대를 중퇴하고 미국으로 건너가서는 밀워키 브루어스 마이너리그에서 두 시즌1980년~1981년을 뛰었다. 1980년 싱글A, 1981년 싱글A와 더블A에서 뛴 후 KBO가 출범하자 고국으로 돌아왔다. 출범 당시 유일하게 연봉 2,400만 원으로 특급 대우를 받은 선수였다. 그는 프로야구 초기, 마이너리그에서 익힌 체인지업 등을 선보여 국내 타자들을 혼란스럽게 만들기도 했다.

국내파 A급 선수 연봉이 1800만 원이었다.

그러나 1982년 36경기 224 $\frac{2}{3}$이닝 WAR승리 기여도 9.54를 기록한 뒤에는 부상으로 점철된 선수 생활을 했다. 1983년 3월 허리디스크가 발병했다. 그해 6월 22일 해태전에 복귀했으나 9월에 부상이 재발, 결국 4경기 10 $\frac{1}{3}$이닝에 그치고 말았다.

1984년을 통째로 결장한 그는 1985년 5월에 복귀했으나 9월 또다시 재발하는 등 병마와 싸워야 했다. 황당한 사고도 그의 발목

'불사조' 박철순.

을 잡았다. 재기에 성공하는 듯했던 1988년 3월 광고 촬영을 하다가 점프하는 장면에서 착지를 잘못해 아킬레스건이 파열되는 바람에 시즌을 접는 불운을 겪은 것이다. 1989년 다시 돌아온 박철순은 1996년 은퇴했다.

은퇴 후 1997년부터 OB 베어스 2군 투수코치로 활동하다가 1998년 7월 2군 선수들 간 구타 사건에 대한 구단 조치에 반발해 팀을 떠났다. 구타 사건의 전말은 이러했다.

당시 후배들이 사물 정리도 제대로 안 하고 선배들에게 말을 함부로 하는 데 불만이 컸던 2군 주장 소상영이 후배 11명을 집합시켰다. 그리고 야구 배트로 후배들의 엉덩이를 때렸다. 그 일로 평소 허리가 좋지 않았던 선수 몇 명이 병원에 입원을 하는 사달이 났다. 언론의 질타에 소상영은 방출, 코칭스태프와 매니저에겐 경고 처분이 내려졌다. 박철순 코치는 이에 반발하며 사퇴했고, 그 이후 프로야구 현장을 떠났다.

프로야구 초창기에는 투수의 역할 분담과 몸 관리 개념이 정착되지 않던 시절이다. 그때 박철순이 당한 혹사도 당연시되던 분위기였다. 초대 챔피언인 김영덕 감독은 아직도 그 점에 대해 미안해한다. 박철순 역시 "선발과 구원의 개념이 구분되지 않던 시절이었고, 팀의 우승을 향해 전진하고 있었기 때문에 힘든 줄도 몰랐다. 감독님이 등판을 강요한 적은 없다"고 말하며 사제 간의 끈끈한 정을 드러낸 바 있다.

2021년 1월, 그의 근황이 TV조선을 통해 방영됐는데, 부인의 암 투병을 함께하며 고난을 이겨 나가는 모습이 진한 감동을 주었다. 그가 디스크로 인해 '걸을 수 없을지도 모른다'는 의사의 이야기를 뒤집고 극복했듯이 부인도 불사조처럼 일어서기를 기원해본다.

현해탄을 건너온 풍운아

장명부

"허 상, 내 고향은 현해탄입니다. 한국에선 쪽발이, 일본에선 조센징이라고 하니 어디에도 속할 수가 없군요."

장명부를 비롯해 주동식, 김일융, 김기태, 김무종, 김신부, 김정행, 김성길, 고원부, 이영구, 홍문종, 송일수, 최일언, 송재박 등 많은 재일동포 선수들이 초기 국내 프로야구에서 활약했다.

"한국 구단은 믿을 수가 없어요. 약속을 지키지 않아요!"

"한국 야구는 아직 수준 미달입니다. 특히 감독들이 프로답지 못해요." 장명부가 내게 한 이야기 중 아직도 생생하게 기억나는 말들이다. 걸출한 실력을 지녔지만 한국 야구 풍토에 적응하지 못하고 저물어간 그의 선수 인생이 고스란히 묻어나는 이야기 같기만 하다.

장명부는 일본 프로야구에서 통산 91승 84패 9세이브 평균자책

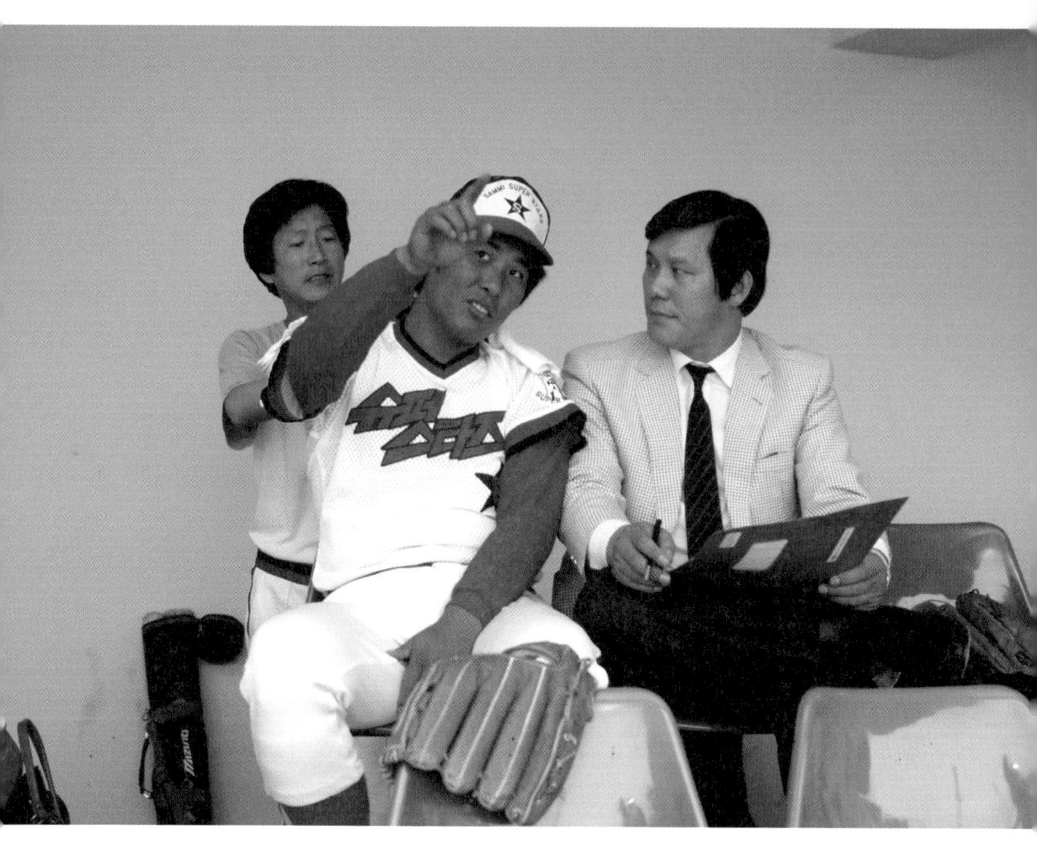

인천 도원구장에서 장명부와.

점 3.68이란 좋은 기록을 보유한 채 1983년 한국으로 왔다. 그해 삼미 슈퍼스타즈에 입단한 장명부는 한 시즌 최다승인 30승을 기록하는 등 전설을 써내려갔다. 무려 60경기 출장 중 선발 투수로 44경기를 나갔다. 지금은 도무지 이해할 수 없는 잦은 등판이다. 그

한 시즌에 팀당 100경기를 치르는 걸 생각하면, 엄청난 기록이다.

중 36경기를 완투, 투구 횟수가 427 ⅓이닝, 던진 공만 5,886구였으니, 현대 프로야구에서 다시는 나올 수 없는 기록임이 확실하다.

장명부가 30승을 거두고도 비운에 스러져간 내막은 이렇다. 전력 약세로 고민하던 삼미가 일본 프로야구에서 수준급 활약을 하던 재일동포 선수 장명부를 데려왔다. 그때 허형 삼미 사장은 "30승을 하면 보너스로 1억 원을 주겠다"고 했다. 물론 계약서에 기재된 약속은 아니었지만 장명부는 그 말을 그대로 믿고 몸이 부서져라 공을 던졌다. 좋은 성적을 낸 장명부는 성과급을 기대했으나 사장이 구두로 약속한 1억 원은 지급되지 않았다. 당시 대스타였던 박철순의 전년도 기록이 24승이었기 때문에, 허 사장은 애초에 30승은 불가능하다고 보고 빈말을 한 것이었다. 그러나 장명부가 거세게 항의하자 허 사장은 개인 돈 기천만 원을 주면서 겨우 달랬다.

실망한 장명부는 이후, 크게 부진했다. 1984년 13승 20패, 1985년 11승 25패로 한 시즌 최다 패전투수 기록을 세웠다. 1986년 빙그레 이글스로 이적한 후에는 1승 18패라는 믿기지 않는 성적으로 선수 생활을 마감했다.

장명부는 1986년 5월 9일 인천 도원구장에서 빙그레의 선발 투수로 청보전에 나섰다. 경기 전 청보 선수들에겐 "장명부를 마운드에서 꼭 끌어내려야 한다"는 주문이 있었다. '너구리' 장명부는 의기양양하게 마운드에 올랐으나 한 타자도 잡지 못하고 5타수 5피안타, 정구선에게는 3점 홈런을 허용했다. 그러자 빙그레 배성서 감독이 투수 교체를 했고, 장명부는 더그아웃으로 들어가 글러브를 내팽개쳤다. 그는 "1회에 3점 허용했지만 자신이 있었다. 선발 투수를 그렇게 빨리 교체하는 감독이 어디 있느냐?"며 불만을 터트렸다. 당시 나는 청보 핀토스 감독으로 1루측 덕아웃에서 지켜보았다. 하지만 어떤 감독이 그런 상황을 그대로 둘 수 있을까? 그해 장명부는 일본 TV와의 인터뷰에서 한국의 감독 수준을 운운하는 멘트를 해 야구인들의 빈축을 사기도 했다.

그는 도박, 음주 등으로 고액 연봉을 탕진했고, 1991년에는 마약 사건에도 연루됐다. 두 달 후 집행유예로 석방됐지만, KBO의 영구 실격 처분에 따라 한국 야구계에 다시 발을 디딜 수 없게 됐다.

이 사건 이후, KBO는 1992년 이사회에서 선수가 마약류와 관련된 사실이 드러날 경우 영구 실격 선수로 지명하거나 이후의 직무를 정지시킨다는 안을 통과시켰다.

한때는 두각을 나타내는 '풍운아'로 불렸지만, 안타깝게도 추풍낙엽처럼 떨어져 내린 장명부는 2005년 4월 13일 일본 와카야마현 자신이 운영하는 마작 하우스 사무실에서 쓸쓸히 사망했다. 벽에는 "낙엽은 가을바람을 원망하지 않는다"라는 문구가 남겨져 있었다.

트레이드 1호, 날개를 달다

서정환

"감독님. 저를 트레이드 시켜주십시오."

"안 돼!"

1982년 프로야구 첫 시즌이 끝난 12월, 삼성 라이온즈 내야수 서정환은 서영무 감독을 찾아가 매달렸다. 자신을 다른 팀에 보내달라고 근 한 달여를 사정한 것이다. 경북고 사령탑을 지낸 서 감독의 제자 서정환은 프로야구 원년 삼성의 화려한 내야진에 밀려 뛸 기회를 거의 잡지 못했다. 당시 내야진에는 유격수 오대석, 천보성 등 국가대표 급 선수들이 버티고 있었다. 제자의 간절한 호소도 호소지만 서정환의 부친과도 절친한 사이였던 서영무 감독은 난감할 수밖에 없었다. 구단에서는 "감독이 괜찮다면 트레이드해도 된다"며 재량권을 주었다. 구단의 승낙을 받은 서영무 감독은 서정환에게 최약체였던 삼미 슈퍼스

서정환의 삼성 라이온즈시절.
오른쪽은 서영무 감독.

라이온즈
63

타즈로 가라고 권했다. 소식을 전해들은 삼미 운영부장은 서정환에게 "구단 사무실이 있는 삼일빌딩으로 계약하러 오라"고 했다.

그러나 정작 서정환의 정착지는 해태였다. 그가 삼미가 아닌 해태 유니폼을 걸친 과정은 이렇다. 서정환이 경북고를 졸업하고 건국대에 진학할 때 김진영 감독의 중앙대와 스카우트 경쟁이 있었다. 그런데 그 김진영 감독이 삼미로 가 있자, 서정환으로서는 삼미에 들어가기가 찜찜했을 것이다. 마침 극심한 선수 난에 빠져있던 해태 프런트의 이상국 씨와 남정진 씨가 재빨리 움직여 서정환을 낚아챘다. 서정환은 "차영화[2루수]와 키스톤 콤비를 이루면 환상적일 것이다"라는 해태의 권유에 솔깃했다. "돈을 많이 주는 팀보다는 내가 가고 싶은 팀으로 가겠다"며 해태와 1,500만원에 연봉 계약을 맺었다.

육상 선수 출신으로, 해태 타이거즈 야구단 직원과 단장을 거쳐 KBO 사무총장을 지냈다.

또 다른 계기도 있었다. 롯데 호텔에서 열린 야구 세미나에 참석한 서정환은 해태 김응용 감독, 조창수 코치와 우연히 만났다. 그때 김 감독과 조 코치는 "우리 팀에 와서 같이 야구하자"라며 적극성을 보였다. 서정환에게는 그 말이 큰 믿음으로 다가왔던 것이다. 특히 조창수 코치가 경북고 선배라 신뢰 관계가 남달랐다.

당시는 지역감정이 극심했던 시절. 김봉연, 김준환, 김일권 등 해태의 주축 선수들은 그의 입단을 축하하는 자리에서 "밖에 나가서 함부로 경상도 말 하고 다니지 말라"고 충고하기도 했다. 그 말을 곧이곧대로 들은 서정환은 처음엔 담배를 사러 가서도 말 대신 손짓으로 의사표현을 했다고 한다.

서정환이 합류한 해태는 1983년부터 승승장구했다. 근성 있고 지독한 성격의 서정환은 '땡비'라는 별명을 갖고 있었다. 서정환이 내야를 맡아 전력을 보강한 해태는 그해 첫 우승을 차지하면서 왕조 구축의 시동을 걸었다. 서정환이 뛰어난 활약을 보이자 해태 팬들은 그를 끔찍하게 생각해주고, 우상으로 받들다시피 했다. 추어탕, 곰탕 등을 맛있게 끓여 집에까지 갖다 주는 팬들도 있었다.

땡비는 경상도 말로 땅벌을 일컫는데, 성질 급한 사람을 가리킬 때도 사용한다.

한국 프로야구 최초로 트레이드된 서정환은 영·호남 간의 트레이드라는 점과 함께 대표적인 성공 사례로 당시 큰 화제가 됐다. 더구나 주전 확보가 어려워 전전긍긍하다가 새로운 팀으로 들어가 선수 개인은 물론 팀에도 날개를 달았으니, 얼마나 극적인 트레이드인가. 만약 서정환이 삼미로 갔다면 해태는 어떤 행보를 그렸을지 상상의 나래를 펼치게 된다.

서정환 이후, 1980년대의 대형 트레이드로는 1988년 11월 롯데와 삼성 간의 3:4 트레이드를 들 수 있다. 롯데 최동원·오명록·김성현과 삼성 김시진·전용권·오대석·허규옥을 맞바꾼 것이다. 그리고 12월 20일, 다시 한 번 2:2 트레이드가 이루어져 스토브리그를 뜨겁게 달구었다. 롯데는 김용철·이문한을, 삼성은 장효조·장태수투수를 각각 내놓는 트레이드였다. 2003년에는 '30-30클럽'의 사나이 현대 유니콘스 박재홍의 트레이드가 화제가 됐다.

'오리 궁둥이'의 이도류

김성한

2018년 이후 메이저리그에서는 일본 출신 오타니 쇼헤이LA 에인절스의 투수·타자 겸업 도전이 큰 화제가 됐다. 일본에서는 그것을 '이도류'라고 칭한다. 우리도 일본식 표현을 그대로 받아 멀티포지션을 이도류라고 인용하고 있다. 오타니가 메이저리그를 강타한 이도류라면, KBO의 원조 이도류는 '오리 궁둥이' 김성한이다.

일본 검술에서 칼이나 검을 양손에 들고 공수를 행하는 기술. 이도검법이라고도 한다.

프로야구 원년 1982년, 선수 부족을 겪던 해태는 대학 시절부터 만능선수로 통한 김성한을 투수와 타자로 내보냈다. 김성한은 투수로 26경기5선발 10승 5패 1세이브 평균자책점 2.88, 타자로 80경기 타율 0.305, 13홈런 69타점을 기록했다. 투수와 3루수를 겸한 그는 80경기를 모두 출장했기 때문에 다른 이도류 선수들과는 또 다르다. 투수로는 1982년부터 1986년까지 마운드에 섰는데, 1986년엔 1경기 3이닝만 던졌다.

타자로서의 기록은 대단했다. 1982년부터 1995년까지 1,336경기 207홈런, 타율 0.286. MVP 2회1985, 1988, 1988시즌 리그 최초 30홈런, 1989시즌 리그 최초 20-2026홈런-32도루, 홈런왕 3회85, '88, '89, 타점왕 2회'82, '88를 기록한 슈퍼스타였다. 특히 원년에는 타점왕69에 투수로서도 10승을 기록해 한국 프로야구사에 한 획을 그었다. 선수 난에 허덕이는 해태의 사정과 그의 뛰어난 재능이 맞물려 탄생한 기록들이다.

김성한은 특히 '오리 궁둥이' 타법으로 유명했다. 동국대 시절 배성서 감독이 "방망이가 쳐져서 나오니 아예 미리 처진파워 포지션 상태에서 공을 때려보자"고 했다. 배 감독의 조언에 따라 타격 자세를 취하니 오리 궁둥이 타법이 나왔다. 투수가 공을 던질 때 배트를 뒤쪽으로 이동시켜, 타자가 배트를 들고 서 있는 배트 포지션에서 파워 포지션까지의 시간을 단축시키는 타격 이론이다. 당시 그런 자세는 거의 없었는데, 특히 강속구나 체인지업 등에 효과가 있다. 그 덕분이었을까. 1991년 일본과의 한일 슈퍼게임 때 타격에서 가장 뛰어난 기량을 보인 선수 중 한 명이 김성한이었다. 3개의 홈런을 때렸고, 그의 배트는 일본야구박물관의 헌액 요청을 받기도 했다.

김성한은 군산중앙초등학교 4학년 때 야구를 시작했다. 그리고 군산상고에서 '역전의 명수'란 칭호를 얻었다. 고교 졸업 후 동국대

1991년 한일 슈퍼게임이 열린 나고야 구장에서 김성한의 모습.

를 거쳐 해태에 입단한 김성한은 김봉연, 김준환, 김일권과 함께 해태 왕조를 이루는 간판스타가 됐다.

"솔직히 실업 야구 시절에는 국가대표 선수가 되는 게 꿈 아니겠습니까? 대학 4학년 때 좋은 기회가 왔지만 탈락했지요. 1982년 프로에 입단할 때, 국가대표 출신 여부에 따라 계약금과 연봉이 책정됐습니다. 계약금과 연봉으로 각각 1,200만 원씩 받았는데, 1,800만 원을 넘게 받는 동료들이 부러웠지요."

입단 당시 이 같은 소회를 품고 있었던 김성한은 해태의 '원클럽맨'으로 1,336경기를 뛴 후 은퇴했다. 그는 2001년부터 2004년까지 해태-기아 타이거즈 감독을 지내고, 지금은 지역방송 해설 및 사업을 하고 있다.

김성한의 뒤를 잇는 'KBO 이도류'를 꼽으라면 나성범NC과 강백호KT를 들 수 있다. 그러나 두 선수 모두 프로 입단 후에는 타자로만 전념하고 있다. 투타 겸업을 하다가 결국엔 타자로 전향한 김성한처럼 야구도 한 우물을 파는 것이 롱런의 지름길이지 싶다.

연습생 출신 슈퍼스타

장종훈

아이돌 경연은 아니지만, 야구계에서도 연습생 신분에서 일약 슈퍼스타로 등극한 사례를 꼽는다면 한화 이글스 장종훈 선수가 대표적일 것이다.

요즘은 드래프트에서 지명을 받지 못하고 잔류한 선수가 프로로 발탁되는 경우가 종종 있다. 구단 스카우트들이 눈여겨 봐둔 선수 중 기량은 떨어지지만 체격이 좋아 스카우트되거나, 아마추어 지도자의 추천을 받아 입단하는 것이다. 장종훈도 청주 세광고 졸업 후 오라는 대학팀이 없어 방황하고 있었다.

이한구 세광고 감독은 빙그레 이글스에 입단 테스트를 의뢰했고, 배성서 감독이 장종훈을 연습생으로 받아들였다. 배성서 감독은 영남대 감독 시절, 서울 대광고를 졸업하고 갈 곳 없는 김재박을 스카

빙그레 이글스 시절 장종훈.

우트해 1970년대 슈퍼스타로 만들었던 인물. 장종훈을 입단시킨 배 감독은 이번에도 그를 1990년대 프로야구 최고의 스타로 만들었다.

1991년 장종훈이 한 시즌에 35개의 홈런을 때렸을 때 야구계의 반응은 대단했다. 스물네 살, 입단 5년 만에 잠재력이 폭발한 것이다. 팬들의 반응도 열광적이었다. 이듬해인 1992년에는 41개의 홈런을 터뜨리는 기염을 토했다. 126경기 체제인 당시만 해도 불가능한 줄 알았던 40홈런을 최초로 돌파해 슈퍼스타 반열에 올랐다.

일본 나가라가와 구장에 세워진 장종훈 장외홈런 기념비.

1991년 처음 열린 한일슈퍼게임에서는 기념비적인 홈런을 쏘아 올렸다. 일본과의 수준차가 꽤 컸던 한국 프로야구는 일본팀과의 대결에서 2승 4패로 열세에 몰렸다. 특히, 일본 투수들의 스플리터와 포크볼에 맥없이 물러나는 경우가 많았다. 그런데 장종훈은 5차전 경기에서 초대형 장외홈런을 터뜨렸다. 그 후 5차전이 열렸던 나가라가와 구장에 가보니, 그가 친 대형 홈런공이 떨어진 자리에 기념비가 세워져 있었다. 그 구장 개장 후 최장 거리 홈런이었다.

장종훈이 처음 주목을 끈 계기는 1988년 골든글러브 수상이었다. 선배인 김재박, 류중일을 제치고 최고의 유격수 자리에 오르면서다. 그럼에도 불구하고 그해 트레이드 대상에 오르는 시련을 맛보기도 했다. 유격수로서 수비에서 부족함과 타격의 기복이 원인이었다. 더군다나 조양근, 황대연이란 아마추어 스타 유격수들의 입단이 줄을

잇고 있었다. 하지만 코칭스태프의 반대로 빙그레에 그대로 남을 수 있었고, 1987년에서 2005년까지 340개의 홈런(역대4위)을 날리는 등 큰 업적을 남겼다.

연습생 신분으로 입단했지만 '연습벌레'란 말을 들을 정도로 훈련에 매진하며 정식 선수가 되고 결국 대표적인 홈런 주자가 된 장종훈. 그는 식사 도중에도 타격에 관해 '이거다!' 싶은 아이디어가 떠오르면 방망이를 들고 옥상으로 올라가 다듬기를 거듭했다고 한다.

장종훈 같은, 또 다른 연습생 출신 선수를 꼽는다면 김현수LG 트윈스가 아닐까. 국가대표 좌타자인 그는 신일고 시절 뛰어난 타자였으나 프로 지명을 받지 못했다. 그는 전 소속팀 두산 베어스에 연습생으로 입단한 후 메이저리그 진출까지 했다. 그 외에도 입단 시 지명을 받지 못해 계약금을 받지 못한 채 입단한 후 성공한 선수들은 꽤 많다.

장종훈은 빙그레-한화에서 원클럽맨으로 은퇴한 뒤, 오랜 기간 코치 생활을 했으나 2020시즌 후 팀 개편 때 한화를 떠났다. 그가 지도자로서 다시 현장으로 돌아올 수 있을지는 여전히 큰 관심거리로 남아 있다.

두려움 없이, 바람의 아들답게

이종범

TV로 중계방송을 보던 중 나도 모르게 '악'하고 비명을 내질렀다. 1998년 6월 23일 주니치 드래곤즈의 이종범은 한신 타이거즈 투수 가와지리 데쓰로의 투구에 맞아 그라운드에 쓰러졌다. 오른쪽 팔꿈치를 강타한 공에 골절상을 당했다. 단언컨대 이종범이 그 부상을 당하지 않았더라면 일본프로야구NPB에서의 성적과 활약은 완전히 달랐을 것이다. 일본프로야구 첫 시즌은 67경기로 끝났고 타율 0.283 10홈런 29타점 18도루로 끝났다.

"나는 돈 벌려고 일본에 갔다. 몸쪽 공에 대한 두려움이 없어 타석에 서면 홈플레이트 쪽에 바짝 붙어 몸쪽 공을 공략했다"는 이종범은 그러나 "부상 후 몸쪽 공이 약해졌다. 부상 전처럼 인 앤 아웃 스윙이 잘 안됐다"고 회상했다.

그 후 1999년 타율 0.238, 2000년 타율 0.275, 2001년 8경기 타율 0.154의 부진한 성적을 남긴 상태에서 2001년 8월 1일 KIA 타이거즈로 돌아왔다. 국내에 잘못 알려진 것이 있다. 그의 포지션 이동. 유격수에서 외야수로 간 것이었다. 첫 해 유격수를 했던 그는 '특급 신인' 후쿠도메 코스케의 입단으로 팀 내 역할 분담 상 외야수로 옮긴 것이다. 즉, 유격수 수비가 약해서가 결코 아니란 점이다. 후쿠도메 역시 나중에는 외야수로 갔다.

이종범은 해태 타이거즈 입단 첫 해부터 한국시리즈 MVP를 차지하는 등 강렬한 인상을 남긴 선수다. 그리고 입단 2년 차인 1994년, 페넌트 레이스 MVP에 뽑혀 팬들을 열광시켰다. 기록이 말해주듯 4할 타율에 근접한 엄청난 타율과 20개 가까운 홈런, 77타점과 무려 84개의 도루와 196안타를 기록했다. 호타준족에 강견인 그는 내가 본 KBO 야수들 중 가장 빠르고, 폭발적인 순발력을 앞세워 게임을 지배한 선수였다.

124경기 타율 0.393 19홈런 77타점 84도루

일본에서 돌아온 후로는 주로 외야수로 뛰었지만 1993~1997년 해태 시절, 유격수로 강한 어깨와 폭넓은 수비를 자랑했다. 유연성은 다소 부족했지만 그의 야구본능은 뛰어났다. 흔히 야수들을 5툴로 평가하는데, 이종범이 최고의 5툴 플레이어 중 한 명이라는 데 이의를 제기할 사람은 없을 것이다.

야구에서 5툴은 장타력, 컨택트, 스피드, 수비, 송구 능력을 말한다.

1990년대 해태 왕조에 크게 기여한 그는 한국시리즈 MVP 2회

해태 타이거즈 시절 이종범. 스포츠서울 제공

1993년, 1997년로 큰 경기에 강한 모습을 보였다. '바람의 아들'이라는 별명을 얻을 정도로 두각을 나타냈던 그는 은퇴 후 지도자와 해설위원으로 활약하다 2021년부터 LG 트윈스 코치로 다시 현장에 복귀했다.

MBC스포츠플러스 해설위원2015~2018년을 함께 하면서 지켜본 이종범은 스포츠엔 만능이 아닌가 싶었다. 특히 공을 가지고 노는 스포츠는 다 잘한다. 가끔 방송국 행사가 있어 골프를 치는 걸 지켜보면서 "역시 만능 스포츠 선수구나"라는 생각을 하게 된다.

실력만큼이나 빛나는 행보

이만수

"선배님, 저 이제 SK 감독 그만둡니다. 선배님께서 하시는 캄보디아나 베트남 야구를 도와드리고 싶은데요."

"캄보디아, 베트남은 이미 시작했으니, 라오스나 미얀마를 도와주면 좋겠는데…."

"예, 알겠심더."

이만수 감독과 이런 대화를 나눈 뒤 얼마 지나지 않아 그로부터 다시 전화가 왔다.

"라오스에 다녀왔습니다. 제가 라오스를 함 해보겠심더."

2014년 SK 와이번스 감독직을 내려놓은 후 걸려온 그의 전화는 시원시원했다. 그는 자신의 약속을 곧바로 행동으로 옮겼다. 역시 실행력과 추진력이 뛰어나기로 야구계에 정평이 난 '이만수다웠'다.

그 후 이만수는 '야구 전도사'로서 야구 불모지 라오스에서 야구팀을 만드는 등 봉사활동에 적극 나섰다.

나는 개인적으로 이만수를 좋아한다. 아니 존경한다. 후배지만, 선수 시절에는 그만큼 노력을 많이 하고 은퇴 후에도 봉사를 많이 한 인물이 거의 없기 때문이다. KBO 리그 초기, 그가 보유한 기록만 봐도 한국 프로야구 역사상 이만수만큼 뛰어난 타자를 찾기도 힘들다. KBO 최초의 안타, 타점, 홈런, 타격 3관왕, 100호 홈런, 200호 홈런 등 숱한 '1호' 기록이 그를 따라다닌다.

공격형 포수의 대명사였던 그는 1984년 프로야구 첫 타격 3관왕에 올랐다. 지금까지 타격 3관왕에 오른 선수는 이만수와 이대호2회 단 두 명뿐이다. 하지만 타격왕 경쟁에서 있었던 일이 그의 발목을 잡았다. 물론 이만수가 직접적인 원인을 제공한 것은 아니었다. 그의 소속팀 삼성 라이온즈가 이만수를 바짝 쫓아오던 롯데 홍문종을 견제해(이만수 0.340, 홍문종 0.339) 9타석 연속 고의사구를 던져 홍 선수의 타율을 굳힌 것이 큰 비난을 받은 것이다.

한 시즌에 타율, 홈런, 타점에서 모두 최고 기록을 차지한 타자를 말한다.

어쨌든 이만수는 홈런왕 3회1983~1985년, 타점왕 4회1983~1985년 3년 연속, 1987년에 오른 포수 출신 최고의 타자였다. 특히 고故 장효조와 가장 뛰어난 타자로 콤비를 이뤄 상대팀을 주눅 들게 만들곤 했다. 그러나 팀 성적에서는 1985년 통합우승 1회 뿐으로 포수로서 수비·리드의 아쉬움을 남겼다.

1998년 미국으로 건너간 이만수는 킹스턴 인디언스클리블랜드 싱글

인천 도원구장에서 이만수와.

A팀 타격코치, 1999년 샬롯 나이츠시카고 화이트삭스 트리플A팀의 1루 코치, 2000~2006년 시카고 화이트삭스 불펜포수, 코치로 활동했다. 2005년 화이트삭스의 월드시리즈 우승 멤버이기도 하다.

한국에 돌아와서는 2007년 SK의 수석코치, 2군 감독을 거친 뒤, 2011년 8월 김성근 감독의 경질로 감독대행을 맡았고, 이듬해부터 2014년까지 감독을 지냈다. 2011년 감독대행, 2012년 감독으로 한국시리즈에 진출했으나, 친정팀 삼성에게 각각 1승 4패와 2승 4패로 끝나고 말았다. 코치로서는 한국시리즈 우승을 경험했지만 감독으로서는 우승컵을 들지 못했다. SK 감독 시절, 독실한 기독교 신자인 그의 책상 위에는 항상 성경책이 펼쳐져 있었다.

환갑이 넘은 그의 나이1958년생와 최근 프로야구 트렌드의 변화를 볼 때, 친정팀 팬들이 오랫동안 바랐던 그의 삼성 감독직은 이뤄지지 않을지도 모른다. 게다가 삼성을 떠날 때 불편해진 구단과의 관계가 완전히 해소된 것도 아니다. 하지만 친정 복귀가 이뤄지지 않더라도 80년대 최고의 타자로, 은퇴 후에는 야구를 통한 선행으로 여전히 우리에게 '큰 별'로 남을 이만수이다.

CHAPTER

04

오늘도 그라운드를 달립니다

BASEBALL STORY #04

은퇴한 별들의 뒤를 이어, 오늘도 그라운드를 수놓고 있는 많은 현역 선수들이 있다. 방송 중계석에서, 그라운드에서 매일 이들을 지켜보면서 그중 누가 좋은 플레이를 선보이는지, 누가 야구팬들의 사랑을 듬뿍 받고 있는지 발군의 선수들을 추리고 활약상을 소개해보고 싶었다.

고백하건대, 때로는 특정 선수에게 공개적으로 칭찬을 아끼지 않을 때도 있다. 그러면 팬들은 그들을 아끼는 이유가 무엇인지, 심지어 "누가 허구연의 아들이냐"고 묻기도 한다. 그러면 나는 서슴없이 대답했다. 첫째 야구를 잘하고, 둘째 팬의 사랑을 받고, 마지막으로 좋은 품성과 바른 생활인의 모습으로 사람들의 존경을 받는 선수가 그들이라고. 불굴의 의지로 역경을 딛고 우뚝 선 선수들도 좋아할 수밖에 없다.

허구연이 아끼는 선수들—사실은 누구도 부인할 수 없는 빼어난 기량과 눈물겨운 노력으로 정상에 올랐으며, 앞으로도 기대되는 '모두의 스타'인 이들—을 꼽아봤다.

“아버지보다 나은 선수”

이정후

“지금 나이로 비교해 보면, 스즈키 이치로(일본야구의 전설)보다 낫다고 생각합니다. 대단한 선수가 될 것 같습니다. 아버지 이종범보다 더 좋은 선수가 되지 않을까요?”

2018년 시즌 중 야구장에서 만난 일본야구 대표팀 전력분석 요원이 이정후에 대해 평가한 말이다. 자카르타 팔렘방 아시안게임을 앞두고 그 어느 때보다 전력분석이 중요한 시점이었으니, 내게 듣기 좋으라고 한 말은 아닐 것이다. 그 후 메이저리그 관계자들이 KBO 리그 선수 중 메이저리거 후보를 추천해 달라고 했을 때, 나는 키움의 두 선수, 김하성샌디에이고과 이정후를 꼽았다.

이정후가 광주 서석초등학교 야구부 시절, 나는 광주에 중계방송을 하러 갔다가 선수들이 "저 친구가 이종범의 아들이다"라고 이야기를 해줘서 그를 처음 알았다. 광주 무등 구장의 볼 보이는 초등학교 야구부원들이 주로 맡았기 때문에, 어릴 때부터 프로야구와 친숙했을 것이다. 프로 선수들의 경기를 계속 봐온 것도 그의 선수 생활에 큰 도움이 됐다.

이정후는 5툴 플레이어로 잘 알려져 있지만, 타고난 재능에 끊임없는 노력이 더해지며 빛을 발했다. 2017년 신인왕 수상과 함께 역대 신인 최다 안타179, 최다 득점111 등을 기록하더니 프로 입단 3년차, 4년차, 5년차 연봉 1위를 기록하여 최고 선수 반열에 올랐다. 이정후 뒤에는 아버지 이종범도 있지만 어머니의 보살핌과 지원도 매우 크다. "어려서부터 정후 보살핌의 90%는 집사람이 했다. 요즘은 식단 조절과 단백질·장어·비타민 등을 챙겨 먹이며 뒷바라지하고 있다"는 이종범의 말처럼 이정후의 최고의 후원자는 어머니다.

이종범은 "집에서는 야구 이야기를 되도록 안 한다. 특히 기술적인 부분은 묻기 전에는 이야기 하지 않는다. 대신 '선수로서의 자세와 인간성'을 강조하며 꿈을 크게 가지라고 조언해주고 있다"고 밝힌 바 있다.

이정후는 입단 후 4년 연속 3할 2푼 이상의 타율, 4년 통산 타율 0.336을 기록하며, 역대 최고의 타율에 도전하고 있다. 2020년에는 15개의 홈런으로 프로에서 처음 두 자릿수 이상의 홈런을 기록했다. 2021시즌부터 장타력 향상도 기대해 볼 수 있는 선수다.

'타격의 달인' 장효조와 견줄 수 있는 컨택 능력에, 뛰어난 수비,

이정후, 2018 아시안게임 금메달을 딴 후 아버지 이종범 코치와.

베이스 러닝, 야구 센스도 탁월하다. 외야수 포지션도 두루 소화할 수 있다는 점도 큰 강점이다. 이 모두를 다 갖춘 그가 건강한 몸으로 선수 생활을 계속한다면, 메이저리그와 일본 프로야구의 러브콜을 받을 것이 거의 확실하다. 이 경우, 한국 프로야구 사상 최초로 부자가 KBO를 거쳐 일본 프로야구, 메이저리그에 진출하는 기록을 수립하게 된다.

그가 포스팅 자격을 갖추게 되는 시점은 2023 시즌 이후. 과연 그는 어디로 가게 될까? 설레는 마음으로 그의 내일을 기대해본다.

'오지배'에서 '오뚝이'로 날다

오지환

"팬들의 질책은 나쁘게 말하면 비난이지만 그 자체가 관심이 있다는 뜻입니다. 잘 해서 빚을 갚자고 긍정적으로 생각했습니다."

"연애 중이었던 와이프가 큰 힘이 됐습니다. 나중에 좋은 결과로 보여주자고 저를 설득했거든요."

2018년 인도네시아 자카르타-팔렘방 아시안게임 야구대표팀 선발 과정에서 오지환은 큰 파문의 중심에 있었다. 나는 '엄청나게 악화된 여론 속에 선수 생활을 제대로 할 수 있을까?' 하는 안타까운 심정으로 그를 지켜보았다. 실제로 아시안게임 이후 야구장에서 그와 마주쳐도 가벼운 말밖에 꺼내지 못했다. "잘해서 이겨내야 해!"가 전부였다.

아시안게임 중에는 팬심이 더욱 악화됐다. 대만, 일본만이 적수가

LG 트윈스 오지환의 송구.

될 뿐. 다른 나라들은 우리 대표팀과는 상대가 안 되는 전력이었다. 약체인 인도네시아, 홍콩, 중국 대표팀과의 대결에서도 그는 선발 유격수로 단 한 차례도 출장하지 않았다. 당시 현장 중계를 했던 나도 그 점이 의아해서 코칭스태프에게 물었다.

"오늘은 약팀과의 경기인데도 왜 오지환이 유격수로 나오지 않나?"

"배탈과 고열로 컨디션이 안 좋아요. 열이 42도까지 올라갔습니다."

오지환은 예선부터 결승전까지 6경기 중 한 번도 선발로 출전하지 못했고, 팬들은 화가 날 수밖에 없었다. 병역 면제를 위한 대표팀 선발이라고 함께 비난 받은 박해민은 선발(홍콩과의 예선 3차전)로 뛰었기 때문에, 비난의 화살은 자연스레 오지환에게 쏠렸다.

그 여파로 정운찬 KBO 총재와 선동열 감독이 국정감사에 출석해야 했고, 2018년 9월 청와대 국민청원까지 올라가는 사태가 벌어졌다. 솔직히 야구계에서는 "그가 충격에서 헤어 나오지 못하면 어떡하지?"라고 걱정하는 사람들이 많았다.

그랬던 그가 2019년 FA 때 총액 40억 원에 LG트윈스와 재계약을 맺었고, 2020년에는 데뷔 후 첫 3할 타자로 승승장구했다. 실제로 2020년 오지환은 수비·타격면에서 완숙한 플레이를 보여주었다. 김용일 LG 트레이너가 "만 명 중 한 명 꼴"이라고 칭찬한 것처럼 신체 조건도 뛰어나서, 유격수로서 가장 많은 경기와 이닝을 소화하는 매력이 있다.

오지환은 중간에 야구를 그만 두었다가 다시 시작한 선수다. 군산초등학교 3학년 때 시작했던 야구를 6학년 때 그만두었다. "소질이 없는 것 같아서"였다고 한다. 그는 군산 월명중학교 1학년 말, 서울 자양중학교로 전학을 했다. 당시 자양중 감독은 프로 원년 스타 신경식이다. 오지환의 대부인 충주 성심학교 박상수 감독이 신 감독에게 부탁해 다시 야구를 시작했고, 경기고 진학 후 투수와 유격수를 보았다. LG 입단 후에는 당시 류지현 코치로부터 유격수로서 맹훈련을 받았다. 하루에 1,000여 개가 넘는 펑고를 받으면서 수비 완성도가 높아지기 시작했다.

KBO 역사상 가장 많은 팬들로부터 가장 큰 질타를 받았던 'LG의 오지배'는 이제 '오뚝이' 오지환으로 바뀌었다. "야구를 대하는 자체가 달라졌습니다. 욕심도 생기고, 잘 해서 팬들을 납득시켜야 한다는 생각으로 최선을 다하고 있습니다"라는 오지환. 논란을 딛고 일어선 그가 탁월한 신체조건 못지않게 강한 정신력으로 한국 야구사에 한 획을 긋는 선수가 되기를 응원한다.

수비 실책을 저지르곤 했던 오지환을 '경기를 지배하는 선수'라며 조롱한 별명.

'허구연의 아들'과 아마 야구의 현실

정수빈

"저 친구는 누군가? 잘 할 것 같은데, 칭찬해줘도 될지 모르겠네. 자만하면 칭찬이 도리어 해가 될 수 있으니…."

내가 한 선수를 지목하자 두산 베어스 김경문 감독은 "선배님. 걱정 마십시오! 저 녀석, 생긴 것과 달리 독종입니다. 흔들릴 녀석이 아니지요. 앞으로 괜찮을 거예요"라고 대답했다.

2009년 국내 프로야구는 올림픽 우승을 계기로 그동안 침체되었던 분위기에서 다시 상승 곡선을 그리기 시작했다. 이런 붐을 타고 팬들이 야구장으로 오게 하려면, 이들에게 어필할 수 있는 젊은 유망주 선수들이 필요하다고 생각했다. 프로야구가 지속적으로 인기를 끌려면, 팬들이 좋아할 '신상품'이 계속 나와야 한다고 믿었기 때문이다. 그래서 각 팀의 신인들이나 어린 선수들을 유심히 살펴보고 있었다.

고척돔에서 두산베어스 정수빈의 수비.

그때부터 내 눈에 들어온 선수들이 '독종' 정수빈두산을 비롯해 나성범·박민우·송명기NC, 구자욱·김지찬삼성, 김하성샌디에이고, 이정후·김혜성키움, 정은원·노시환·임종찬한화, 강백호·소형준KT, 오지환·홍창기

·이민호LG, 한동희·이승헌·최준용롯데 최원준·정해영KIA, 허경민·박건우두산, 최지훈SSG 등이다.

야구팬들은 정수빈을 '허구연 아들'이라고 불러주는데, 내가 중계를 할 때 칭찬을 많이 해서 그렇다고 한다. 그러나 나는 아직까지 야구장 밖에서 그를 본 적이 없다. 당연히 그의 부모가 어떤 분인지도 모른다. 김경문 감독으로부터 들은 이야기 중 내 관심을 끈 대목은 그가 야구를 하려고 초등학교 3학년 때 전학을 했다는 것이다. 이때 부모의 반대가 심하자 한 달 동안 단식(?)으로 뜻을 관철시켰다는 이야기였다. '집념이 대단한 선수라 옆길로 새지는 않겠구나'라고 판단했다.

스카우트들로부터 또 다른 이야기도 들었다. 2008년 세계 청소년 야구 선수권 대회 때 미국과의 결승전을 앞두고 정수빈이 왼손 손가락뼈 골절을 당했다. 그럼에도 불구하고 경기에 나서 한국 우승의 일원이 되었고, 귀국하자마자 수술을 했다고 한다.

몇 년 전 허경민, 박건우가 "위원님은 왜 수빈이만 좋아하세요? 저희 모두 90년생 동기란 말예요"라며 항의(?)를 해와 나를 깜짝 놀라게 했다. 순간 '아차' 싶었다. 장난기 어린 말이긴 했지만, 젊은 선수들은 평가에 민감한 걸 깨달았다. 그 날 이후 자그마한 선물을 줄 때도 3명에게 똑같이 주곤 했다.

우리나라는 고교·대학 야구가 야구팬들의 이목을 끌지 못하기 때문에 프로 입단 후 관심을 끄는 선수가 탄생하는 데는 한계가 있다. KBO 선수 모두가 자식 같지만, 똑같은 관심을 주고 칭찬해주는 것으로는 스타를 만들기 힘든 야구계 현실 때문에 생긴 현상이다. 일본의 경우는 고시엔 대회(전일본 고교야구 선수권대회)의 스타가 전국구 스타가 된다. 그리고 대학·프로 입단 시 큰 주목을 받으면서 프로야구 인기 유지에 큰 몫을 차지한다. 메이저리그는 신인 드래프트 자체가 큰 관심을 끈다. 물론 미식축구나 농구에 비하면 인기가 턱없이 부족하지만.

'허구연의 아이들'이라는 지목 속에는 이러한 한국 아마야구의 현실이 내포돼 있는 셈이다.

영험한 호랑이,
대타자가 되어라

강백호

고교시절 대표적 이도류였던 강백호는 프로 입단 때부터 스포트라이트를 많이 받았다. 그리고 2018년부터 지난 3년 동안 기대에 부응하는 선수로 성장하고 있다. 김하성의 메이저리그 진출 이후 차기 야수 후보로 이정후와 강백호를 꼽을 정도다.

실제로 그는 고교 졸업 때 메이저리그의 러브콜을 받았지만 KBO를 택했다. 옳은 판단이었다고 본다. 아직 다듬어야 할 부분이 있으며 경기 횟수 등 경험해야 할 것도 많지만, 무엇보다 어린 선수들에게 마이너리그 적응이 쉽지 않은 걸 많이 봐왔기 때문이다.

메이저리그의 관심을 끄는 그의 가장 큰 매력은 타고난 소질과 공을 강하게 치는 능력이다. 그의 배럴타구는 KBO에선 최상급이

발사각 26~30도, 타구 속도 158km 이상이다.

다. 평균타구 속도는 152.5km로, KBO 평균140.3km을 훨씬 웃돌고, 메이저리그 평균141.6km보다도 높다.

하드 히트153km 이상 타구 역시 약 64%로 KBO 평균34%과 메이저리그 평균33.3%보다 높다. 그가 가장 좋아한다는 미국 프로야구 최고 유망주 페르난도 타티스 주니어샌디에이고 파드리스의 평균 타구속도가 154.3km, 하드 히트가 62.2%임을 감안하면, 메이저리그가 탐을 낼 수밖에 없음을 알 수 있다.

강백호는 잘 알려진 바와 같이 늦둥이 외아들로 태어났다. 부친은 치킨집, 모친은 미용실을 운영하는 가운데 성장했다. 그의 부친은 사회인야구 경력이 30년을 넘는다. 강백호는 학교에서 단체 연습이 끝나면 부친 가게 옆 조그만 그물망이 설치된 연습장에서 성인용 나무배트로 개인 훈련을 하며 실력을 키웠다.

야구를 보는 부친의 안목도 수준급이었던 것 같다. "타자로 대성하려면 여러 수비 포지션을 소화할 줄 알아야 한다"며 원래 좌투였던 그를 우투로 변경시킨 덕에 우투 좌타가 됐고, 멀티 포지션도 가능해졌다. 고교 시절 투수와 포수로 활약했으며, KT 위즈 입단 후에는 외야수, 1루수로 활약하고 있다.

KT 이강철 감독은 그에 대해 "승부욕이 매우 강하다. 경험이 쌓이면서 계속 좋아지고 있다. 긍정적이며 열심히 하는 선수다. 가끔 너무 적극적인 경우가 있지만 시간이 지나면 좋아질 것이다"라고 평가했다. 박철영 코치의 멘트도 인상 깊다. "내가 함께한 선수 중 김재현, 최정과 함께 몸통 전체를 가장 잘 쓰는 타자다. 신체 반사 반응

KT위즈 강백호의 타격 장면.

능력도 월등한 선수다." 몸통 전체를 잘 쓴다는 이야기는 타격 시 배꼽이 앞뒤로 오가지 않고, 그 자리에서 팽이가 돌듯 몸 전체를 회전시킨다는 이야기다. 가장 이상적인 스윙을 말한다.

2021시즌, 프로야구 4년차를 맞은 강백호는 "체지방을 줄이고 근력을 높이는 데 중점을 두었습니다. 생소한 외야수를 보다가 2020년 1루수로 옮긴 후 처음에는 힘들었지만 잘 적응하고 있습니다"라며 빠른 적응력을 보이고 있다. 학창 시절 "프로에서 돈 많이 벌어서 부모님이 고생하지 않도록 하겠다"고 했던 약속도 잘 지켜가고 있는 강백호. 향후 메이저리그에 도전할 때 수비력만 인정받으면 큰 무대에서도 거포 대열에 오를 수 있는 기대주가 분명하다.

소신과 배짱이 8할이다

김광현

2006년 SK 와이번스의 가을 캠프 때였다. 안산공고 졸업을 앞둔 김광현은 김성근 감독에게 "저는 가을 연습에서 공을 던지지 않으면 좋겠습니다"라고 했다.

김성근 감독은 "프로야구 감독을 하면서 나한테 '저는 이렇게 하겠습니다'라고 말하는 선수는 지금까지 김광현 밖에 없었다"고 했다. 김 감독은 "대단한 친구겠다 싶었지만, 실제로 보고 깜짝 놀랐다. 어린 친구가 주관이 뚜렷하고 배짱도 두둑하다"고 평하면서 "스스로 해결하는 능력도 뛰어나고 마운드 위에서 타자와 싸울 줄 아는 투수"라고 알려줬다.

2020년 메이저리그세인트루이스 카디널스에 진출한 김광현은 최고의 수

비형 포수 야디에르 몰리나와 호흡을 맞췄다. 2020년 9월 15일 밀워키와의 원정경기 4회말 2사 1, 2루 상황에서, 그는 몰리나에게 "템포를 느리게 하자. 2루 주자가 있으니 사인을 바꾸자"고 했다. 본인 의도대로 투구한 끝에 루이스 우리아스를 3루 땅볼로 처리한 장면이 인상적이었다. 당시 메이저리그에서 완전히 자리를 잡지 못한 신인 투수가 몰리나에게도 소신 있게 투구하는 걸 보고 '이 친구는 성공하겠다' 싶었다.

그가 메이저리그에 도전한 나이가 만 32세. 하지만 2020년은 코로나19 여파로 메이저리그가 파행 운영될 수밖에 없었다. 오랜 기간 혼자 버텨야 하는 상황에서 그는 자신의 능력을 보여주기도 전에 구단 관계자들로부터 호평을 받았다. 김광현은 "메이저리그가 언제 개막할지도 모르는 상황에서 한국을 다녀오면 자가격리 등으로 훈련에 제대로 집중하기 힘들 겁니다. 가족과 떨어져 지내는 게 힘들어도 그냥 미국에 머물면서 준비하겠습니다"라며 웨인라이트와 함께 세인트루이스에서 몸을 만들었다. '한국에서 외국인 투수들이 시즌 중 미국에 다녀오는 걸 보니, 컨디션 유지가 쉽지 않더라'는 이유였다. 구단 관계자들은 그의 이런 태도를 보고 놀라지 않을 수 없었다. 그 이야기를 듣고 나도 "과연 구단 수뇌부가 반할 만하다"고 김현수 에이전트에게 말했다.

개막 후에는 미국 현지의 예상을 뛰어 넘는 투구로 세인트루이스 관계자들을 또 한 번 놀라게 했다. 선발투수로 내셔널리그 최초 4경기 연속 5이닝 이상, 4피안타 미만, 무자책을 기록했고, 강력한

2020년 8월 23일 신시내티 전부터 2020년 9월 15일 밀워키 전까지

2020 스프링캠프에서 김광현 선수, 한명재 아나운서(맨 오른쪽), 문상열 기자(뒤쪽)와.

신인왕 후보로 떠오를 정도로 빼어난 투구를 보여줬다.

내셔널리그 디비전 시리즈 중에는 샌디에이고전과의 1차전에서 선발투수로 등판, 진출 첫 해 포스트시즌 경기에 출장한 아시아 선수 18명(이들 대부분이 일본 선수들이다) 중 1명이 되었다. 한국 선수로는 2016년 김현수에 이어 두 번째였다.

이렇듯 메이저리그 연착륙에 성공한 김광현이지만, 그가 국내 팬들을 열광시킨 것은 일본 킬러로서의 투구였다. 일찍이 안산공고 시절, 청소년 대표 선발팀으로 2005 인천 아시아 청소년 선수권 대회에서 발군의 투구를 보여주며 주목을 받았다. 당시 류현진이 그의 1년 선배였고, 일본은 고교 슈퍼스타 쓰지우치 다카노부가 있었다. 김광현은 대표팀 투수 중 가장 뛰어난 투수였다.

김광현은 프로 입단 후 국가대표로 5회 출장해 14경기 3승 3패 3홀드 3.47로 호투했다. 특히 베이징 올림픽 때 가장 중요하고도 엄청난 부담을 느낄 일본전에서 강한 면모(일본전 2경기 1승 1.35)를 보였는데, 몸 쪽으로 낮게 제구된 슬라이더가 일품이었다. 당시 일본 대표팀은 김광현만 만나면 주눅이 들곤 했다.

2008 올림픽, 2009 WBC, 2014 아시안게임, 2015년과 2019년 프리미어12

김광현은 역사 속으로 사라진 SK의 4회 우승2007, 2008, 2010, 2018년의 주역으로 팀 공헌도가 매우 높은 선수다. 그가 아쉬워한 건 2019년 팀이 챔피언이 되지 못한 것과 팀 우승을 이룬 후 메이저리그에 진출하려던 계획이 차질을 빚은 것이다. 더구나 그의 공백을 메우지 못한 SK가 2020시즌 9위로 추락한 것을 보며 안타까워했다.

국내에서 탄탄히 커리어를 다지고 메이저리그에 진출한 김광현이 거기서도 기량을 제대로 펼친다면, 류현진과 함께 역대급 좌완 투수 반열에 오를 터. 그의 활약상을 알리는 낭보가 계속 들려오기를 기대한다.

도전의 화신

양현종

나는 선수들의 요청으로 가끔 주례를 선다. 2015년 12월 19일 광주에서 양현종의 결혼식 주례를 봤다. 운동장에서 보던 것과 또 다르게 개인적으로 만난 양현종은 훨씬 좋은 인성을 보유한 신랑인 걸 알았다. 그리고 신부도 '내조를 참 잘 하겠구나'라는 걸 느끼게 해주었다. 이미 득녀를 한 후의 결혼식이라 양가의 분위기가 훈훈했다. 그날 그와 대화를 하던 중 기부에 관해서도 깊이 있게 이야기를 나눈 기억이 있다.

양현종은 KBO의 대표적 좌완 투수로서 갖가지 기록에 도전하고 있다. 내 눈길이 그에게 꽂힌 것은 2009년 11월 14일 일본 나가사키에서 열린 한일 클럽 챔피언십 경기 때였다. 일본 시리즈 우승팀

2021년 텍사스에서 양현종의 프리시즌 투구 모습.

요미우리 자이언츠와 한국 시리즈 우승팀 KIA 타이거즈와의 대결이었다. 한일 챔피언들의 자존심을 건 대결인 만큼, 요미우리는 사카모토 하야토, 오가사와라 미치히로, 알렉스 라미레스, 카메이 요시유키, 아베 신노스케, 이승엽 등 베스트 멤버를 내보냈다.

그 해 부진했던 이승엽은 8번 타자 1루수로 출전, 4타수 2안타를 기록했다.

사실 그 전까지 양현종에 대한 관심은 그리 높지 않았다. 그러나 5⅔이닝 3피안타 1피홈런 6탈삼진 1실점으로 요미우리의 강타선을 잠재우는 모습을 보면서 '젊고 좋은 좌완 투수가 나타났구나' 싶었다. 6회 초 요미우리의 간판 오가사와라에게 1점 홈런을 허용한 것을 제외하고는 뛰어난 투구를 보여줬다. 양현종의 호투 속에 3:1로 리드하던 KIA는 구원진이 7회 7실점, 9회 1실점을 허용하면서 4:9로 역전패하고 말았다. 그의 존재가치가 극명하게 드러나는 순간이었다. 그날 중계석에서 본 그의 투구는 21살 젊은 투수치곤 아주 침착하고 안정된 투구여서 '국가대표감'이란 걸 알 수 있었다. 양현종은 그 해 12승 5패 평균자책점 3.15로 대표적 좌완 투수로 주목을 받았다.

한국시리즈에서 두 차례 팀 우승2009, 2017년에 기여했으며, 2017년에는 역대 최초로 정규시즌 MVP와 한국시리즈 MVP를 동시에 석권하는 기염을 토했다. 내 예감처럼 국가대표에 5회 선발돼 아시안게임2010년, 2014년, 2018년과 2017 WBC, 2019 프리미어12에서 호투로 팬들의 사랑을 받았다. 국가대표 통산 10경기9선발 4승 2패 평균자책점 1.99가 이를 잘 나타낸다.

실력만 뛰어난 게 아니다. 모교인 동성고에 선수단 버스를 기증하는가 하면, 매번 월간 MVP 때 받은 상금의 절반을 쾌척하는 등 '기부 천사' 역할도 활발한 대표적 선수 중 하나이기도 하다.

최근 그가 어렵지만 의미 있는 선택을 했다. 2020년 시즌을 마치고 메이저리그에 도전장을 내민 것. 메이저리그가 코로나19로 예년 같지 않는 분위기인 가운데 적지 않은 나이만 33세와 2020년 최악이었던 성적(11승 10패 평균자책점 4.70)도 불리한 조건으로 작용했지만, 스플릿 계약을 감수하면서 메이저리그를 향한 도전을 멈추지 않는 것이다. 출국 전 그는 내게 "위원님. 절대 누가 되지 않도록 열심히 하겠습니다!!"라는 메시지를 보내왔다. 그가 많은 부담과 책임감을 느끼고 있다는 것을 알 수 있었다.

"열심히 던지고, 지기 싫어하는" 그가 텍사스 레인저스 유니폼을 입고 꿈꾸던 메이저리그 마운드에서 성공하기를 응원한다.

wise saying

Baseball #01

야구는 그냥 경기가 아니다.
초록빛 다이아몬드가 새겨진 내야
위에서 펼쳐지는 인생이다.
선수들은 웅장한 무대 위에서
최고가 되겠다는 꿈을 꾸고,
어른은 소년이 되고 소년은 어른이 되며,
말 한 마디 나누지 않고도
모든 사람이 하나의 언어를 말하는 곳.

그곳이 바로 '야구'라는 꿈의 구장이다.

– 1940년대 메이저리거 토미 테이텀 –

CHAPTER 05

생애 한 번은 '드림팀'을 꿈꾼다

BASEBALL STORY #05

야구계에 몸담고 있으면서 나는 항상 '베스트 드림팀'을 만드는 꿈을 꿔왔다. 최적의 포지션에서 최고의 기량을 발휘하는 정상급 플레이어들. 생각만 해도 가슴이 설렌다.

한국 프로야구는 40년이라는 길지 않은 역사 가운데서도, 훌륭한 선수를 얼마나 많이 배출했던가. 내가 꼽는 기준이 절대적인 것은 아니지만, 이들로 구성된 드림팀이 실재한다면 드라마 같은 극적이고 멋진 게임의 향연으로 가득하리라. 이 장에서는 내가 구성한 드림팀 멤버들을 소개한다.

'무등산 폭격기' 선동열

우완선발

KBO : 1985~1995, NPB : 1996~1999

'무등산 폭격기' 선동열이 최고의 우완투수임엔 이의가 없다.

KBO에서 367경기 146승 40패 132세이브. 특히 평균자책점 1.20이라는 기록은 누구도 깨기 힘든 것이다. WAR승리기여도은 무려 101.29로 타의 추종을 불허한다. 일본 프로야구에서도 162경기 10승 4패 98세이브 평균자책점 2.70을 기록했고, 1997년 센트럴리그 세이브 왕[38]에 올랐다. 한국 프로야구를 평정한 것은 물론, 일본 프로야구에서도 타이틀을 차지했다. KBO에서 7년 연속1985~1991년 평균자책점 1위를 기록한, 해태 왕조의 핵심 인물이다.

선동열은 불펜에서 몸만 풀어도 상대 팀에서 '아! 이제 득점은 어렵겠구나!'라고 생각할 정도로 존재감이 대단했다. 팀을 6차례 우승

'무등산폭격기' 선동열의 환호. 스포츠서울 제공

으로 이끈 기록 역시 다른 경쟁자들이 엄두를 낼 수 없는 것이다. 역할 분담이 확보되기 전이라 선발과 구원을 오갔지만 어떤 보직을 맡겨도 완벽하게 임무를 소화했다.

레이더에도 잡히지 않는, 무등산 폭격기의 절대적 무기는 무엇이었을까? 낮게 깔려오는 속구와 슬라이더로 상대 타자들을 공포의 도가니로 몰아넣었다. 투수로써 수비·견제 동작도 빈틈이 없었다. 마운드에서의 평정심과 지배력은 한국 야구사에서 그를 뛰어넘을 투수가 없다. 앞으로도 선동열 같은 투수가 또 나오기는 힘들 것이다.

경쟁자 최동원은 선동열에 비해 활동 기간1983~1990년과 출전경기수248경기가 적다. 프로야구 탄생이 조금 더 일찍 이루어졌더라면 최동원의 성적도 많이 달랐을 것이다. 최동원은 평균자책점 2.46, WAR 47.72다.

기간	경기수	성적(승-패-세이브 평균자책점)	비고
		선동열	
KBO 1985~95	367	146-40-132sv 1.20	MVP 3회, 평균자책점 1위 8회 골든글러브 6회, 한국시리즈우승 6회
NPB 1996~99	162	10-4-98sv 2.70	1997 센트럴리그 세이브왕
		최동원	
1983~90	248	103-74-26sv 2.46	1984 MVP, 한국시리즈 4승

절묘한 제구력의 류현진

좌완선발

KBO : 2006~2012, MLB : 2013~

2020년 플로리다 주 더니든에 있는 토론토 블루제이스의 스프링 캠프장. 새로이 단장된 TD 볼파크에서 류현진의 첫 등판은 뉴욕 양키스전이었다. 1회 초 무사 1, 3루에 위기가 닥쳤다. 포수 뒤쪽 백스톱에서 그의 투구를 보고 있던 나는 "첫 등판이어서 잘 던지는 게 좋은데…"라며 걱정스러워했다. 그러나 그는 페이스를 끌어 올렸고 특유의 뛰어난 제구력과 공 배합으로 실점 없이 넘겼다.

3볼 2스트라이크에서 우타자 바깥쪽 스트라이크존에 꽉 찬 그의 체인지업이 헛스윙을 유도하는 것을 보면서, 한 번 더 놀랐다. TV 중계 시 화면을 통해 보거나 실전에서 멀리 떨어져 보던 것과 달리, 포수 바로 뒤쪽에서 보는 것은 생동감이 다를 수밖에 없다.

절묘한 제구력을 보여주는 투구의 원천은 여러 가지가 있을 것이다. 그는 타고난 재능, 부단한 노력, 뛰어난 신체적 조건과 체력, 마운드에서의 평정심 유지 등에서 발군이다.

류현진은 2006년 KBO 리그 데뷔 시즌에서 신인왕과 MVP를 차지하는 기염을 토했다. 고교 졸업 선수로써 믿기 어려운 기록도 세웠다. 프로야구 초창기 선수층이 얇을 때 나온 기록이 아니라, 프로야구 역사 25년에 나온 기록이어서 대단했다.

그가 가장 큰 주목을 받은 것은 2008년 베이징올림픽 때였다. 쿠바와의 결승전에서 보여준 그의 투구는 메이저리그, 일본 프로야구

2020년 미국 플로리다 더니든 토론토 스프링캠프장에서 류현진과.

기간	경기수	성적(승-패-세이브 평균자책점)	비고
		류현진	
KBO 2006~12	190	98-52-1sv 2.80	2006 신인왕&MVP&트리플크라운 2008 올림픽, 2010 아시안게임 금
MLB 2013~20	138	59-35-1sv 2.95	2019 MLB 평균자책점 1위(2.32) 2년연속 사이영상 최종후보 ('19 NL 2위, '20 AL 3위)
		송진우	
1989 ~2009	672	210-153-103sv 3.51	통산다승, 이닝, 탈삼진, 상대타자 1위

※트리플크라운 : 한 해 투수 부문 다승, 평균자책점, 탈삼진 동시 석권
한 해 타자 부문 타율, 홈런, 타점 동시 석권하는 경우

의 주목을 받았고, 결국 2013년 LA 다저스 유니폼을 입었다.

메이저리그에서는 2019년 아시아인 최초 평균자책점 1위2.32, MLB 올 세컨드 팀All-Second Team 2회2019, 2020년, 2년 연속 '사이 영 상' 최종 후보에 올라 그의 존재 가치를 보여주었다.

류현진이 인천 동산고등학교 졸업 당시, 신인 드래프트에서 1차 지명권을 가졌던 SK와 2차 신인 지명 전체 1순위였던 롯데는 그를 지명하지 않았다. SK와 롯데는 이를 두고두고 후회한 반면, 2차 신인지명 전체 2순위로 그를 지명한 한화는 그를 국제적인 스타로 탄생시켰다.

당시 약체였던 한화의 전력 속에서 그는 스스로 강인해졌다. 위기

관리 능력과 마운드 위에서의 매너도 그때 갖췄다.

한화 입단의 또 다른 의미는 투수 출신 김인식 감독을 만나 투수로 성장하는 데 큰 도움을 받은 점이다. 김 감독은 2006년 시즌 초, 신인이었던 류현진을 과감하게 선발투수로 기용했고, 그도 김 감독의 믿음에 보답했다. 또한 그의 주 무기인 체인지업도 선배 구대성으로부터 배웠다. 그것만으로도 류현진은 인복이 많은 선수이다.

2006년 4월 12일 개막 후 네 번째 경기인 잠실 LG전에 선발로 데뷔 첫 등판, 7.1이닝 10탈삼진 무실점 호투로 승리투수가 됐다.

김인식 감독은 평소 "마운드 위에서 야수들이 실수해도 표시내지 말라"는 조언을 했다. 류현진은 메이저리그에 가서도 어떤 상황이든 침착한 모습을 보이는 내공을 보여준다. KBO, 메이저리그 성적이 보여주듯이 어떤 감독이라도 "현진이 같은 투수가 있었으면" 하고 탐내는 최고의 투수다.

최다 세이브 기록의 돌부처, 오승환

구원투수

KBO : 2005~2013, 2020~
NPB : 2014~2015, MLB : 2016~2019

난공불락, 끝판 왕, 돌부처 등 다양한 별명이 말해주듯, 오승환은 최고의 마무리 전문 투수다. 2020 시즌까지 KBO에서 295세이브와 평균자책점 1.77을 기록, 리그 통산 최다세이브 1위를 차지하고 있다.

그는 2005년 신인왕과 함께 팀을 5차례 우승으로 이끌었다. 2006년과 2011년에는 단일 시즌 최다인 47세이브를 기록했다. 한국 프로야구 초기에는 선발과 구원, 마무리 투수의 역할이 명확하게 구분되지 않았다. 선수 자원도 부족해 박철순, 최동원, 선동열처럼 선발과 구원을 오가기도 했다. 선발투수 경력 없이 주로 마무리 역할을 한 것도 그의 대표성을 보여준다. 국내 무대를 평정한 그는 일본에 진출한다.

세인트루이스 스프링캠프장에서 오승환과.

그는 한신 타이거즈 2년 동안 2014~2015년 센트럴리그 세이브 1위를 기록했다. 그 이후 최고의 무대인 메이저리그2016~2019년에 진출해 호성적을 거뒀다. 2014년 센트럴리그 클라이막스 시리즈 MVP까지 거머쥔 그는 2008 베이징올림픽 금메달, 2006 WBC 4강, 2009 WBC 준우승 때 자신의 능력을 과시했다.

2014년 39세이브, 2015년 41세이브, 일본 통산 80세이브, 평균자책점 2.25

메이저리그 통산 42세이브, 45홀드, 평균자책점 3.31

상대 타자들이 알면서도 때려내기 힘든 그의 강속구는 공격적이고, 묵직하며, 회전수도 좋다. 특히 오승환은 마운드에서 당황하는 모습이나 표정 변화가 전혀 없어 '돌부처'라는 별명을 얻었다.

기간	경기수	성적(승-패-세이브 홀드 평균자책점)	비고
		오승환	
KBO 2005~13 2020	489	31-15-295sv 1.77	2005 신인왕, 한국시리즈우승 5회 한국시리즈 MVP 2회(2005, 2011) 단일시즌 최다SV 1위(47, '06, '11)
NPB 2014~15	127	4-7-80sv 12HD 2.25	2014~15 센트럴리그 세이브 1위 2014 클라이막스 시리즈 MVP
MLB 2016~19	232	16-13-42sv 45HD 3.31	
국제	15	2-2-4sv 2.57	국제대회 '08 올림픽 금 / '09 WBC 준우승 / '06 WBC 4강
		정우람	
KBO 2004~20	879	63-41-181sv 2.96 129HD	'18세이브왕(35), 홀드1위 2회('08, '11) 역대 2호 100sv-100HD (1호 정대현) 최다등판2위(879, 1위 류택현 901)
국제	6	0-0-1sv 0.00	'15 프리미어12 우승, '18 AG 금

삼성 왕조 시절 권혁, 권오준, 안지만에서 오승환으로 이어지는 필승조 투수진은 KBO 역대 최강의 구원진이었다. 그 중심에 오승환이 있었다.

2020시즌까지 한미일 무대에서 통산 417세이브를 올린 그가 500세이브를 달성할지 주목된다.

공수 양면에 능한 박경완

포수

1991~2013년 동안 2,044경기를 뛴 그의 기록은 추격자들이 따라오기 힘들다. MVP 1회, 홈런왕 2회, 골든글러브 4회를 수상했다. 그의 기록 중에서 무엇보다 높은 평가를 받는 것은 팀을 다섯 차례 우승으로 이끈 능력이다. 쌍방울 레이더스에서 선수생활을 시작한 그는 SK 왕조를 이루는 데 결정적 역할을 했다. 야구계에는 '좋은 포수 없이는 우승이 힘들다'는 말이 있다. 그는 김광현 등 많은 동료 투수들의 기량 향상에 큰 영향을 준 포수였다.

KBO : 1991~2013년

MVP : 2000년, 홈런왕 : 2000년, 2004년
골든글러브 : 1996년, 1998년, 2000년, 2007년

팀 우승 : 1998년, 2000년, 2007년, 2008년, 2010년

2010년 아시안게임 등 세 차례 국제대회에서도 균형 있는 공격과

현대 유니콘스 시절 박경완.

수비로 크게 활약했다.

박경완과 이만수는 대표적인 포수지만 차이점이 있다. 이만수는 공격형 포수의 대표적 인물로, 1984년 첫 타격 3관왕, 골든글러브 5회에 빛난다. 그러나 1985년 삼성이 통합 우승 1회에 그쳤고, 수비면에서 박경완에 비해 지표가 뒤쳐진다.

2010년 광저우아시안게임 금메달, 2009년 WBC 준우승, 2000년 시드니올림픽 동메달

기간	경기수	성적(타율-홈런-타점)	비고
박경완			
1991 ~2013	2,044	0.249-314-995	'00 MVP, 홈런왕 2회('00, '04) 골든글러브 4회, 한국시리즈우승 5회 '10 AG 금, '09 WBC 준우승, '00 올림픽 동
이만수			
1982 ~1997	1,449	0.296-252-860	골든글러브 5회 KBO 타자 1호기록 ▷안타, 타점, 홈런, 트리플크라운 100호홈런, 200호홈런

박경완은 포수로서의 리드, 타자 대처 능력, 포구 능력, 센스 등에서 최고의 수준을 자랑했다. 두 차례의 홈런왕이 보여주듯이 타격에서도 빼어나 앞으로 공수 양면에서 그를 능가할 포수가 나올 수 있을지 의문이다. 양의지NC 정도가 도전장을 던질 수 있을 것이다.

SK의 유일한 영구 결번인 그는 2020시즌 중 SK의 감독 대행직을 수행했고, 시즌 종료 후 팀을 떠났다.

홈런왕 이승엽

1루수

1루수는 강타자 집결지답게 가장 경쟁이 치열한 포지션이다. 이승엽, 이대호, 김태균으로 대표되는 최고 경합 포지션.

KBO : 1995~2003년, 2012~2017년, NPB : 2004~2011년

'국민타자' 이승엽은 이대호와의 치열한 경쟁에서 KBO 성적과 기념비적인 홈런 신기록에서 앞선다. MVP 5회(1997년, 1999년, 2001~2003년), 홈런왕 5회, 한국시리즈 우승 4회, 통산 홈런·타점 1위의 타이틀을 가지고 있다.

특히 한 시즌 최다 홈런 56개2003년는 전 국민적 관심을 끌었다. 그때 야구장에는 신기록 홈런 공을 잡기 위해 팬들이 잠자리채까지 들고 외야 관중석으로 몰려들었다. 아시아 지역 한 시즌 최다 홈런 기록(1964년 오 사다하루의 홈런 55개) 갱신은 이웃 일본에서도 예의

2017년 10월 3일 대구 삼성라이온즈파크에서 홈런을 기록한 후 이승엽.

기간	경기수	성적(타율-홈런-타점)	비고
		이승엽	
KBO 1995~2003 2012~17	1,906	0.302-467-1,498	MVP 5회, 홈런왕 5회, 골든글러브 10회 한국시리즈우승 4회, 통산 홈런,타점 1위
NPB 2004~11	797	0.257-159-439	일본시리즈 우승 2회('05, '09)
국제	27	0.239-8-24	'08 올림픽 금, '00 올림픽 동 '06 WBC 4강
		김태균	
KBO '01~09 '12~20	2,014	0.320-311-1,358	'01 신인왕(68G 0.335-20-54) 홈런왕 1회('08)
NPB '10~11	172	0.265-22-106	'10 일본시리즈 우승(지바롯데)
국제	22	0.255-4-16	'10 아시안게임 금, '09 WBC 준우승, '06 WBC 4강

주시했다. 비록 2013년 일본 프로야구 야쿠르트의 블라디미르 발렌틴이 60홈런을 때려 이승엽의 아시아 기록은 깨졌지만, 당시 이승엽의 홈런 열풍은 야구 붐 조성에도 큰 역할을 했다.

이승엽은 태극마크를 달고 출전한 각종 국제대회에서도 맹활약했기에 더욱 인상적이다. 그는 2000년과 2008년 올림픽, 2006년 WBC, 2002년 아시안게임 등에서 우리나라를 대표하는 중심타자로 국민타자의 위상을 굳혔다.

특히 2000년 시드니올림픽과 2008 베이징올림픽 때 일본전에서 마쓰자카와 이와세를 상대로 결정적인 타점과 홈런을 터뜨린 장면은 전 국민을 흥분시켰다. 베이징올림픽 때는 일본대표팀 호시노 감독이 기자회견에서 "이승엽이 누구냐?"며 신경전을 펼친 것을 통쾌하게 설욕한 홈런이었다. 당시 그는 요미우리일본 프로야구에서 활약 중이었다.

이승엽은 고교시절 투수 출신임에도 인상적인 홈런과 타격 기록은 물론 1루 수비에서도 수준급 이상의 기량을 보여줬다. 경북고의 에이스였던 이승엽은 한양대와 삼성의 치열한 스카우트 경쟁 속에 1995년 삼성에 입단했다. 입단 후 우용득 감독에 의해 타자로 전향했고, 백인천 감독을 만난 뒤 장거리타자로 성장했다.

타자 전향은 탁월한 선택이었다. 미국의 베이브 루스, 일본의 오사다하루로 대표되는 투수 출신 홈런왕 계보들과 궤를 같이한다.

근성 있는 야구, 정근우

2루수

KBO : 2005~2020년

한국 프로야구 40년 동안 독보적인 선수가 없었던 포지션이 바로 2루수다. 상징적 기록을 남긴 선수는 많지 않다. 출범 초기의 김성래, 정구선과 그 후 홍현우, 박정태, 박종호 등이 있다. 공·수·주를 종합해 평가하고 국제대회에서의 활약상 등을 감안하면 정근우가 앞선다.

역대 최고의 2루수인 정근우는 한때 부정확한 송구 때문에 하마터면 내야수가 안될 뻔했다. 하지만 좋은 지도자를 만나 영예를 차지한 대표적인 선수이다. 고려대를 졸업하고 SK에 입단한 그는 2004년 가을 캠프부터 신인으로 참가했다. 조범현 감독은 송구 문제가

2008년 베이징올림픽에서의 정근우.

있던 그에게 집중했다. '캐치볼 할 때 50m 거리에 모자 맞히기' 등으로 송구 교정에 심혈을 기울였다. 그해 가을 연습에서는 3루에서 펑고를 받기도 했다. 정근우는 "최정과 함께 송구 교정을 위해 몇 백 개는 받은 것 같다"고 했다. 2005년 시즌 개막전부터 신인 정근우는 3루수로 나왔으나 송구 실책이 나오자 김태균현 KT 수석코치이 3루를 꿰찼다.

2006년 시즌 초 정근우는 외야로 포지션이 바뀌었다. 중견수와 좌익수를 본 그는 어느 날 '외야를 하면서 멀리서도 던지는데, 가까이서는 왜 못 던지겠나? 던질 수 있다!'는 정신적 안정감을 찾으면서

기간	경기수	성적(타율-홈런-타점-도루)	비고
		정근우	
KBO 2005~20	1,747	0.302-121-722-371	골든글러브 3회('06, '09, '13)
국제	37	0.328-2-18-9	'08 올림픽, '10 아시안게임 금 '15프리미어12 우승, '09 WBC 준우승
		박정태	
KBO 1991~2004	1,167	0.296-85-639-22	골든글러브 5회 ('91, '92, '96,98, '99)

송구가 달라졌다. 2루로 안착한 것은 6월 말. 정근우는 "1군에서 살아남아야겠다는 생각 밖에 없었다"고 했다. 그 해 첫 2루수 골든글러브를 받으면서 국가대표의 터전을 마련했다.

2006년 가을 연습부터 새로 부임한 김성근 감독은 "정근우의 수비를 안정시키기 위해 하루 1,000개의 펑고는 기본이고, 특별 수비조 때는 1,000개를 더 받게 했다"고 했다. 이후 송구·포구의 완성도가 높아졌다. 집중 연습량이 많기로 소문난 조범현·김성근 감독이 낳은 국가대표 2루수는 그렇게 탄생했다.

정근우는 '수비는 만들 수 있다'는 것을 입증하듯 국가대표 2루수로서 오랫동안 활약했다. 2020년 LG에서 은퇴한 정근우는 통산 타율 0.302와 2008 올림픽, 2010 아시안게임, 2015 프리미어 12에서 모두 금메달을 땄다. 특히 수비 폭이 넓었다. 베이스러닝, 야구센스 등에서 근성 있는 야구로 평가가 높은 선수였다.

뛰어난 스타성, '두목곰' 김동주

3루수

KBO : 1998~2014년

내야수 중 1루수와 함께 경쟁이 치열한 포지션이 3루수다. 김동주, 최정, 한대화와 초기의 김용희 등 공수에서 능력을 고루 갖춘 선수들이 많다.

아마야구 시절부터 대표 3루수였던 김동주는 프로 입단 후에도 기대를 저버리지 않고 스타 자리를 꾸준히 유지했다. 자기 관리와 부상 여파가 발목을 잡기도 했지만, 그는 정교함을 갖춘 홈런 타자였다. 국제대회 성적이 말해주듯이 김동주는 스타성이 뛰어났다.

김동주는 큰 체구임에도 유연한 포구 능력에 넓은 수비 폭, 그리고 송구 능력도 나무랄 데 없는 선수였다. 잠실구장 최초 장외 홈런(2000년 5월 4일 롯데전) 장면은 인상 깊게 남아있다. 두산의 '두목곰'

두산 베어스 시절 김동주.

기간	경기수	성적(타율-홈런-타점)	비고
김동주			
KBO 1998 ~2014	1,625	0.309-273-1,097	골든글러브 4회 (3B 3회('00, '07, '08), DH 1회('03)) '03 타격왕(0.342)
국제	25	0.325-3-14	'08 올림픽, AG 2회('98, '02) 금 '00 올림픽 동, ※'06 WBC 첫 경기 대만전 헤드 퍼스트 슬라이딩 → 어깨부상 → 직후 대표팀 하차(정성훈 등록)
최정			
KBO	1,781	0.289-368-1,180	홈런왕 2회('16, 17), '08 한국시리즈 MVP 골든글러브 6회('11~13(3년연속), '16, '17, '19)
국제	16	0.258-0-2	'10 아시안게임 금, '09 WBC, '19 프리미어12 준우승

※DH: 지명타자

으로 불리던 그는 타격왕 1회(2003년 0.342), 골든글러브 4회 등과 함께 국제대회에서도 강타자로서 인상 깊은 플레이를 펼쳤다.

특히 2006 WBC 첫 경기인 대만전 때 헤드 퍼스트 슬라이딩을 시도하다가 어깨 부상으로 대표팀에서 하차한 것은 많은 아쉬움을 남겼다. 그가 WBC 2라운드까지 함께 했다면 대표팀은 더 좋은 성적을, 본인은 메이저리그의 주목을 얻었을지도 모른다.

2002 아시안게임, 2006 WBC, 2000와 2008 올림픽

한편 최정은 통산 타율에서 김동주에 뒤지지만[0.289], 그 외 누적된 부분인 통산 홈런[368]과 타점[1,180], 홈런왕[2016, 2017년], 골든글러브 6회 등에서 앞선 기록을 보여준다. 그가 어떤 마무리를 하느냐에 따라 한국 프로야구 50주년쯤에는 자리바꿈을 할 수 있을지 모른다.

한대화는 한국시리즈 우승 7회, 1982년 세계야구선수권 결승 홈런 등 인상적인 활약을 펼쳤다. 김용희는 전성기를 지난 시점에 프로야구가 출범하여 누적 기록이 부족하나 프로야구 초기의 대표적 3루수였다.

'야구 천재' 이종범

유격수

'바람의 아들' 이종범이 해태 입단 당시의 포지션은 유격수였다. 폭넓은 수비, 강한 어깨의 소유자로 입단 이후 5년간 KBO 리그에서 유격수로 4차례 골든글러브를 차지했다. 뛰어난 수비력을 보여준 박진만과 프로 활동 기간이 짧은 김재박 등이 경쟁자다. 그러나 이종범은 가장 강렬한 인상을 남긴 유격수란 점에서 다른 선수들과는 차이가 있다. 공·수·주 센스는 물론, 경기를 지배한 능력이 탁월했다.

KBO : 1993~1997년, 2001~2011년,
NPB : 1998~2001년

일본 프로야구1998~2001년를 다녀와 KBO로 복귀한 그는 이후 11년간 외야수로 활약하면서 두 차례 골든글러브(2002, 2003년)를 차지했다.

홈에서 득점 후 환호하는 이종범. 스포츠서울 제공

KBO 통산 1,706경기 타율 0.297 194홈런 730타점 510도루를 기록했다. 큰 경기에 강했던 이종범은 MVP 1회, 한국시리즈 MVP 2회를 차지했고, 한국시리즈 우승 4회로 해태·KIA 우승에 기여했다.

MVP : 1994년
한국시리즈 MVP : 1993년, 1997년
한국시리즈 우승 : 1993년, 1996년, 1997년, 2009년

국제대회에서도 강했다. 2006년 WBC 4강 일본전 8회 때, 일본 최고의 마무리 투수 후지카와 큐지를 상대로 좌중간을 가르는 결승

기간	경기수	성적(타율-홈런-타점-도루)	비고
이종범			
KBO 1993~97 2001~11	1,706	0.297-194-730-510	'94 정규시즌 MVP(124G 0.393-19-77-84) KS MVP 2회('93, '97) 골든글러브 6회 (유격수 4회('93, '94, '96, '97) 외야수 2회('02, '03))
NPB 1998 ~2001	311	0.261-27-99-53	
국제	12	0.381-0-6-2	'02 AG 금, '06 WBC 4강
박진만			
KBO 1996 ~2015	1,993	0.261-153-781	골든글러브 5회('00, '01, '04, '06, '07) KS우승 6회('98, '00, '03~06(4년연속))
국제	31	0.188-0-6-2	'02 AG, '08 올림픽 금 '00 올림픽, '06 AG 동

타를 때린 것은 아주 인상적인 장면이다.

이종범이 일본에 진출한 당시, 부상으로 리듬이 깨진 것이 아쉽다. 그가 일본 진출을 하지 않았거나 주니치 입단 후 구단 사정으로 후쿠도메를 유격수로 기용하지 않았다면 그는 계속해서 유격수로 활약했을 것이다.

은퇴를 앞둔 몇 년 간 타격 저조로 통산 3할 타율을 기록하지 못한 점은 아쉬움으로 남아있다.

국제대회에서 더 빛나는 김현수

외야수

2020 시즌까지 KBO 통산 타율 0.322 195홈런 1,073타점의 기록이 보여주듯이 '타격 기계'다운 활약을 이어가고 있다. 가장 뛰어난 컨택 능력을 보유한 타자로 평가받는다. 국제대회에서도 뛰어난 활약을 한 외야수이다.

KBO : 2006~2015년, 2018~, MLB : 2016~2017년

KBO 외야수 중에서 1,500경기 이상을 뛰면서 3할 이상의 타율과 200홈런에 5개 남길 정도2020년까지의 좋은 성적을 기록한 선수는 김현수 밖에 없다. 국가대표 단골 외야수로서 높은 타율0.356은 그가 좌완 투수에게도 강했던 타자라는 것을 잘 보여준다. 특히 베이징올림픽 예선 4차전 일본전에 대타로 나와 좌투수인 이와세를 상대로 타점을 올린 것처럼 좌우를 가리지 않았다.

2008년 베이징올림픽 김광현, 김현수(가운데)와 함께.

2008 올림픽, 2009 WBC, 아시안게임 3회(2010년, 2014년, 2018년), 프리미어12 2회(2015년, 2019년) 등 단골 국가대표 외야수인 점이 그의 능력을 잘 나타내 준다.

타격왕 2회(2008년, 2018년), 골든글러브 5회의 기록 보유자인 그는 메이저리그 급은 아니지만, KBO 리그에서는 수비 능력도 괜찮다. 2016~2017년 메이저리그에서 타율 0.273 7홈런 36타점으로 성공하진 못했지만, KBO 리그 외야수 최고의 반열에서 그를 빼놓을 수 없다.

기간	경기수	성적(타율-홈런-타점)	비고
		김현수	
KBO 2006~15 2018~20	1,530	0.322-195-1,073	골든글러브 5회(외야수'08~'10, '15, '20)
MLB 2016~17	191	0.273-7-36	
국제	52	0.356-1-39	'08 OG 금, '09 WBC 준우승, '10 AG 금, '14 AG 금, '15 PM12 우승(MVP), '18 AG 금, '19 PM12 준우승

남은 관심사는 2015년 두산 우승 멤버였던 그가 FA로 이적한 LG에서도 우승 멤버가 될 수 있을지 여부다. 만일 LG에서도 우승 멤버가 된다면 더 높은 평가를 받을 수 있을 것이다. LG에서는 경기 외적인 면에서 파급 효과가 크기 때문이다. 그의 나이를 감안하면 또 한 차례 FA가 기다리고 있고, 은퇴할 때도 지금 같은 고타율을 유지할 수 있을지 두고 볼 일이다.

30-30 클럽의 선두 박재홍

외야수

KBO : 1996~2012년

경기 후 심판실 문을 박차고 들어가 항의를 한 야구선수는 박재홍뿐일 것이다. 그만큼 직설적이고, 옳다고 생각하면 물불 가리지 않는 선수 시절을 보냈다. 그러한 스타일 때문인지 그에 대한 평가가 절하되는 경향이 있던 게 사실이다.

30홈런-30도루를 세 차례(1996년, 1998년, 2000년) 기록한 선수도 박재홍뿐이다. 야수들을 평가할 때 20-20 클럽도 높게 평가한다. 그런데 30-30 클럽은 차원이 다르다. 그것도 3회에 걸쳐 달성했다는 것은 장타력, 준족, 야구센스를 두루 갖추지 않고선 나올 수 없는 기록이다.

오랜 역사의 메이저리그에서 역대 40-40 클럽을 달성한 선수는

박재홍, '야생 본능'이 살아 있던 선수. 1998년 금강산 관광을 함께했다.
지금은 MBC 스포츠플러스 야구 해설위원 후배다.

단 4명 뿐이어서, 만약 KBO 리그가 메이저리그처럼 162경기였다면 리그 최초 40-40 클럽도 가능했던 선수가 박재홍이다.

그는 1996년 신인왕과 홈런왕을 차지하는 기염을 토했다. 126경기 0.295 30홈런 108타점 36도루 기록이었다. 박재홍은 광주제일고 3학년 때 해태의

1988년 호세 칸세코, 1996년 배리 본즈, 1998년 알렉스 로드리게스, 2006년 알폰소 소리아노

KBO 리그 : 1회(2015년 에릭 테임즈), 일본 프로야구 : 0명

기간	경기수	성적(타율-홈런-타점-도루)	비고
		박재홍	
KBO 1996 ~2012	1,797	0.284-300-1,081-267	'96 신인왕&홈런왕 (126G 0.295-30-108-36) 30-30 3회('96, '98, '00) 골든글러브 4회('96~98(3년연속), '00) 5회 우승(현대 2회, SK 3회)
국제	20	0.301-4-20-2	AG 2회 금('98, '02) '00 올림픽, '06 AG 동

1차 지명을 받았으나 연세대로 진학, 대학 졸업 후 실업 야구단인 현대 피닉스에 입단했다. 현대 피닉스가 프로야구단 창단을 염두에 둔 스카우트였다. 해태 팬들이 그에게 서운해 하는 이유다.

그러나 정작 그는 "나는 아무것도 한 일이 없다. 최상덕과 트레이드를 통해 프로야구 현대 유니콘스 유니폼을 입게 된 것도 마찬가지다"라고 말했다. 그는 2003~2004년 고향 팀 KIA에서 뛴 후 SK로 트레이드됐다.

국제대회에서도 뛰어난 성적을 올린 선수로, 30-30 클럽 3회라는 그의 기록을 뛰어넘을 선수는 당분간 보기 힘들 것이다.

'만세 타법'의 양준혁

외야수

KBO : 1993~2010년

2001년 LG의 일본 마무리 가을 캠프 도중 양준혁은 혼자 귀국한다. 당시 FA 자격 획득 기간이 10년에서 9년으로 단축되면서 양준혁이 FA 자격을 취득했기 때문이다.

당시 8개 구단은 선수협 결성을 시도한 주요 선수들을 잡지 말자는 담합이 있었는데, 그는 선수협 결성을 주도했다. 국내팀으로 이적이 어려울 것으로 예상한 양준혁은 메이저리그 스카우트 이치훈 씨에게 미국 진출 여부를 알아봐 달라고 부탁했다. 이치훈 씨는 뉴욕 메츠에 양준혁의 기록과 비디오 자료를 보냈고, 최대 60만 달러까지 이야기가 오갔다. 그러나 양준혁은 고향팀 삼성으로 되돌아갔다. 나중에 그는 "미국에 가더라도 다시 돌아왔을 때 국내 구단 복귀가 어려울 것 같아 고심하던 중 삼성 김응용 감독의 부름을 받고 국내에 잔류하게 됐다"고 당시의 상황을 설명했다.

키 188cm의 큰 체격인 양준혁은 공을 강하게 던지지 못한다. 그래서 내·외야 수비에 결점이 있었다. 이유가 있다. '호타준족'을 원했던 그는 아마추어 시절부터 도루를 많이 했다. 그런데 헤드 퍼스트 슬라이딩을 잘못한 충격이 누적돼 어깨를 다친 것이다. 짧은 거리 송구가 잘 안 되는 '스티브 블래스' 증세였다. 수술 권유를

통산 193도루, 한 시즌 20도루 4회

타구를 바라보는 양준혁. 스포츠서울 제공

기간	경기수	성적(타율-홈런-타점)	비고
양준혁			
KBO 1993 ~2010	2,135	0.316-351-1,389	타격왕 3회('96(0.346), '98(0.342), '01(0.355)) 골든글러브 8회 (지명타자: 4회('98, '01, '06, '07), 외야수: 3회('96, '97, '03), 1루수: 1회('04))

받았지만 그러면 1년을 쉬어야 했다. 양준혁은 1년을 쉬는 대신 타격폼을 수정했다. '만세 타법'이 등장하게 된 이유다. 타격 후 팔로우스루를 할 때 정상적인 마무리 동작을 하면 양쪽 어깨가 아팠기 때문에 임팩트 후 왼팔을 놓는 만세 타법으로 바꾸었다. 그때가 2003년 삼성 시절이었다. 그는 외야수로 골든글러브 3회 수상자다. 만약 어깨를 다치지 않았다면, 더 많은 골든글러브로 역대급 외야수 기록을 계속 써나갈 수 있었을 것이다.

통산 타율 0.316, 351홈런 1,389타점을 기록한 그는 1993년 신인왕, 타격왕 3회(1996년, 1998년, 2001년)로 뛰어난 선구안을 자랑했다. 통산 볼넷1,278개이 삼진910개보다 368개 많다.

그러나 국가대표 실적이 부족한 것이 아쉬움으로 남는다. 부상당한 어깨 탓에 수비에서 평점이 낮아 최종 선발에 빠지는 경우가 많았다.

'조선의 4번 타자' 이대호

지명타자

KBO : 2001~2011년, 2017~,
NPB : 2012~2015년, MLB : 2016년

전성기 때 '조선의 4번 타자'로 불렸던 이대호. 그는 KBO, 일본 프로야구, 메이저리그를 거치면서 KBO 출신 최고의 타격 능력을 입증한 선수다.

이대호의 스윙은 부드럽다. 인사이드에서 아웃사이드로 궤적을 그리는, 아름다운 스윙으로 힘 전달을 잘 하는 타자다. 그가 해외 리그, 많은 국제대회에서도 좋은 성적을 거둔 데에는 약점이 거의 없는 스윙 메커니즘을 갖고 있는 때문이기도 하다.

1982년 프로야구가 출범한 해에 태어난 그는 3살 때 부친의 별세, 모친의 재가로 친할머니의 보살핌 속에 대성했다. 경남고 2학년 때 친할머니마저 돌아가시면서 야구가 유일한 낙이 되었고, 프로야구 선수로 성장하는 계기가 만들어졌다. 이대호는 친구 추신수의 권유로 부산 수영초등학교 3학년 때 야구를 시작했다. 두 명 모두 메이저리그 무대를 밟는 기록을 세웠다.

그가 보유한 값진 기록들은 화려하다. 2010년 기록한 MVP와 타격 7관왕은 다시 나오기 힘든 기록이다. 이듬해 팀의 일본 가고시마 캠프 당시, 구단 최고위층이 선수단 인사 때 7관왕인 그에게 "도루는 몇 개 했느냐?"고 물어본 이야기는 야구계의 화젯거리였다. 연봉 협상 신경전과 연관된 농담이었던 것 같다.

느린 걸음이 이대호의 약점으로 지적됐지만, 그가 내야 안타가 거의 없는 타자임을 감안하면 0.364의 고타율은 엄청난 기록이며, 2006년, 2010년에 기록한 두 번의 타격 3관왕은 깨기 힘든 기록으로 남아있다. 9경기 연속 홈런이란 2010년 세계 신기록도 빼놓을 수 없는 진기록이다.

2012~2015년 일본 프로야구에서 뛰는 동안 일본시리즈 우승 2회(2014년, 2015년)와 퍼시픽리그 베스트 나인 2회(2012년, 2015년)를 차지했고, 특히 한국인 최초로 2012년 퍼시픽리그 타점왕과 2015년 일본 시리즈 MVP를 수상하는 등 일본에 진출한 선수 중 최고의 활약을 펼쳤다. 분석 야구, 상대의 약점을 집중 공략하는 일본 야구의 특성을 감안하면, 그가 얼마나 대단한 타자인가를 알 수 있다.

메이저리그에서도 인상적인 장면을 연출했다. 2016년 4월 14일 시애틀 매리너스 소속이던 그는 텍사스 레인저스와의 경기에서 연

2017년 4월 4일
사직구장에서 이대호.

기간	경기수	성적(타율-홈런-타점)	비고
		이대호	
KBO 2001~11 2017~20	1,715	0.309-332-1,243	MVP 1회('10), 타격3관왕 2회('06, '10) 골든글러브 6회(1B: 4회('06, '07, '11, '17) 3B: 1회('10), DH: 1회('18))
NPB 2012~15	570	0.293-98-348	베스트나인 2회: ('12(1B), '15(DH)), '12 파리그 타점왕(91) JS시리즈 MVP 1회('15, 한국인 최초)
MLB 2016	104	0.253-14-49	
국제	42	0.323-7-40	'08 올림픽, '10 AG 금, '15프리미어12 우승 '09 WBC 준우승

장 10회말 2사 1루에 좌완 강속구 제이크 디크먼을 맞아 대타로 타석에 섰다. 노볼 2스트라이크에서 좌월 끝내기 2점 홈런을 터뜨려 4대 2, 극적인 승리를 가져왔다. 시애틀 구단 역대 최초 신인 끝내기 홈런이었다.

내가 중계 방송한 베이징올림픽에서도 큰 활약을 펼쳤다. 예선 4번째 경기였던 일본전이다. 0:2로 뒤지던 우리나라는 7회 초 무사 1루서 이대호가 때린 좌월 2점 홈런으로 극적인 동점을 만들었다. 이대호가 와다 쓰요시로부터 큼지막한 홈런을 터뜨린 후 한국이 9회 초 3득점으로 5:3 승리를 거두면서 전승가도를 달린 끝에 올림픽 우승을 일궈냈다.

한국야구는 그가 출전한 2008년 베이징올림픽과 2009년·2013년·2017년 WBC, 그리고 2006년과 2010년 아시안게임, 2015년 프리미어12 등에서 강국의 이미지를 심었다. 그는 국가대표 통산 42경기 타율 0.323 7홈런 40타점, 발군의 기량으로 세계적인 수준의 선수임을 증명했다.

이제 만 40세를 눈앞에 둔 그의 선수생활에서 KBO 리그 통산 3할 이상을 유지한 후 은퇴할지 관심을 끈다. 2020 시즌까지 통산타율 0.309, 332홈런을 기록 중이다.

wise saying
Baseball #02

"

나는 야구가 정말 좋다. 선수들과 경기,
그리고 명쾌하게 설명할 수 있는 도전이 좋다.
마음에 들지 않는 것 한 가지가 있다면,
경기를 보고 돌아오는 길에 느끼는 외로움이다.
물론 나도 안다.
야구장을 나오면 우리 모두 현실로
돌아와야 한다는 것을.

"

– '다저스의 목소리' 빈 스컬리 –

CHAPTER 06

세계 속의 한국 야구

BASEBALL STORY #06

프로 선수는 언제나 정상을 지향한다. 그래서 자신의 실력을 뛰어넘어 더 높은 수준의 큰 무대에서 활약하고 싶은 욕망을 가진다. 한국 프로야구 정상에 선 선수들이 메이저리그에 도전하는 이유다.

한국 프로야구가 창설된 것은 1982년. 메이저리그MLB보다 106년 늦고, 일본 프로야구NPB보다는 46년 후발 주자다. 그럼에도 지금은 양대 리그에 바짝 다가서 있다. KBO 리그 출범 당시부터 세계화를 시도한 덕분이다.

운 좋게도, 나는 일찍부터 MLB와 NPB에 접할 수 있었다. 그리고 한국 프로야구가 선진 야구 시스템을 배우려 노력하고 국제대회를 통해 꾸준히 기량을 키워온 모습을 가까이서 지켜보았다. 이 과정에서 우리 선수들과 지도자들이 흘린 땀과 눈물, 야구팬들의 관심과 독려가 얼마나 값진 것이었는지도 잘 안다.

한국 프로야구가 세계 속에 우뚝 서기까지 어떤 과정을 지나왔으며, 어떻게 국제화에 성공했는지 기록으로 남기기 위해 이 장의 문을 연다.

"미국으로 전지훈련을 보내시죠"

삼성의 다저 타운 전지훈련

한국 프로야구와 메이저리그의 본격적인 교류는 1985년부터 시작됐다. 삼성 라이온즈가 프로야구 최초로 LA 다저스의 스프링 캠프장인 플로리다 주 베로비치 다저 타운으로 전지훈련을 간 것이 1985년. 삼성의 다저 타운 전지훈련은 한국 야구사에 전환점을 가져온 작은 사건이기도 하다.

외환관리를 하던 당시만 해도, 국내 프로야구 구단의 해외 전지훈련이 쉽지 않았다. 그러다가 1980년대 초 규제가 풀리고 1984년부터 해외 전지훈련이 활발해졌다. 그 해 롯데는 프로구단 최초로 괌에서 전지훈련을 했다. 구단 대부분이 일본으로 전지훈련을 갈 때라, 삼성도 1983~1984년 후쿠야마에서 전지훈련을 했다. 때문에 삼성이 1985년 미국 본토, 그것도 명문 구단인 LA 다저스 스프링

1985년 다저 타운 삼성 전지훈련 당시 김영덕 감독(맨 오른쪽),
정동진 코치(오른쪽에서 두번째)와 함께.

캠프로 전지훈련을 떠나자 큰 화제가 된 것이다.

삼성은 왜 일본이 아닌 미국을 새로운 캠프지로 선택했을까? 이는 당시 야구단 사장을 겸했던 중앙일보 이종기 사장의 '작품'이다. 1984년 말 서울 순화동 중앙일보 사장실에서 이종기 사장은 내게 이렇게 물었다.

"허 위원은 왜 우리 야구단의 문제점을 지적해달라고 해도 '삼성은 우승하기 힘들다'고만 할 뿐, 구체적인 내용을 말해주지 않습니까?"

"삼성은 거의 국가대표 선수들로 구성되어 전력은 좋지만, 팀플레이가 부족하고 선수들이 자신들의 실력을 과대평가하고 있는 것 같습니다."

"그럼 어떻게 하면 좋을까요?"

"프로야구 3년째인 우리 프로야구 수준은 사실 실업야구의 연장선입니다. 제가 올해 다저 타운 MLB 캠프를 다녀왔는데요. 선수들의 능력, 선진야구 이론, 운영, 시스템 등 모든 면에서 우리와 너무 차이가 나서 놀랐습니다. 백문이 불여일견이니, 가능하다면 내년에는 미국으로 전지훈련을 보내시죠. 선수단, 코칭스태프에게 자각할 수 있는 기회를 주는 게 좋을 듯합니다."

그때 내 나이가 만 34살이었으니, 지금 생각해 보면 꽤나 당돌한 제안이었을지도 모르겠다. 나는 그룹에서 수차례 진단 요청을 했을 때 답변을 하지 않은 이유에 대해서도 "프런트와 감독에게 피해가 갈지 모르기 때문에 말을 아꼈다"고 덧붙였다.

이듬해 삼성은 베로비치로 전지훈련을 떠났고, 국내 언론들도 대거 출동해 취재를 했다.

삼성이 그룹 차원에서 프로야구단 진단에 나선 이유가 있다. 1984년 자타가 공인하는 막강 전력이라던 삼성이 한국시리즈 우승에 실패했기 때문이다. 삼성은 한국시리즈에서 혼자 4승을 올린 최동원의 역투와 유두열의 극적인 3점 홈런을 얻어맞고 롯데에게 충격적인 패배를 당했다. 김일융, 김시진, 이만수, 장효조 등 걸출한 스타들을 보유하고 있던 삼성의 패배는 누구도 예상하지 못한 결과였다.

삼성은 1982년 프로야구 원년 첫 한국시리즈를 OB 베어스에게 1승 1무 4패로 내준 이후 2년 만에 한국시리즈에 올랐으나 중위권으로 평가받던 롯데와의 경기에서 패해 우승을 놓치자, 팬들은 물론

그룹 내에서도 큰 논란이 된 것이다.

심기일전이 필요했던 삼성은 다저 타운 캠프를 통해 자신들의 야구에 미국 야구를 접목시키기 시작했다. 새로운 기술 이론을 습득한 것은 물론이고, 우리에게는 생소했던 투구 후 아이싱(최근에는 이론이 바뀌어 안 하기도 한다)도 전격 실시했다. 또 야구에서 웨이트 트레이닝의 중요성을 깨닫고 메디컬 분야 등에 새로운 시스템을 도입했다.

삼성은 LA 다저스 구단주 피터 오말리, 알 캄파니스 단장, 토미 라소다 감독으로부터 적극적인 지원을 받았다. 이후 다저스 인스트럭터의 국내 방문 지도가 이어졌다. 1987년 삼성에 입단한 류중일

삼성 선수들 라커룸에서 한식을 먹는 라소다 감독과 랄프 아빌라 스카우트.

감독도 "다저 타운 캠프를 경험하고 나서 야구관이 바뀌었다"고 할 정도로 전지훈련의 효과는 컸다.

재미있는 해프닝도 있었다. 삼성은 홀맨 스타디움의 1루 쪽 원정팀 라커룸을 이용했는데, 식사도 이 라커룸에서 했다. 물론 김치는 빠질 수 없는 메뉴. 내 기억으로 피터 오말리 구단주와 라소다 감독도 김치를 곁들인 한국식 식사를 함께하면서 삼성, 아니 한국 문화를 접했다.

다음해 내가 다저 타운을 방문했을 때 다저스 관계자가 손사래를 치며 한 말이다. "삼성이 캠프를 떠나고 몇 달이 지나도록 김치 냄새가 빠지지 않아 혼났습니다. 그 냄새 때문에 마이너리그 선수들이 고생했어요." 이런 해프닝이 있고, 삼성은 1986년 캠프부터 라커룸이 아닌 실외에 텐트를 치고 식사를 했다.

1985년 첫 미국 전지훈련 후, 김영덕 감독이 이끄는 삼성은 그해 전·후기리그를 모두 휩쓸며 첫 우승의 감격을 누렸다.

"꼭 이겨야 하는 경기"

한일 슈퍼게임

"경기장은 참 좋은데 공이 떠서 하얀색 천장에 겹쳐지면 뜬공을 잡기가 어렵다."

1991년 한일 슈퍼게임 때 우리 대표팀 선수들이 도쿄돔에서 연습하며 했던 이야기다. 나도 일본 돔구장 그라운드에 서본 것이 처음이라, 에어돔을 쳐다보며 '우린 언제쯤 돔구장을 가지게 될까?' 생각했던 기억이 난다.

1991년 한일 슈퍼게임에서 6경기를 치르는 동안 양국이 상대팀에 보인 반응은 다양했다. 특히 일본야구 최고의 타자 오치아이 히로미츠는 롯데 박동희의 투구에 대해 "회전이 없고 홈플레이트 변화가 적다"고 했다. 한마디로 공은 빠르지만 위력적이지 않다는 평가였다. 주니치의 강타자 다이호 야스아키는 이강철의 투구를 "홈런을 맞기 딱 좋은 공"이라 잘라 말했다. 구와타 마스미도 "한국 타자들이 힘은 좋은데 풀스윙만 한다"는 반응을 보였다.

당시 출범 10년째로 일본보다 46년이나 늦게 출발한 KBO 리그는 일본과 여전히 차이가 났다. 1970년대 국내 실업야구 시절에도, 일본 프로야구 출신의 투수 두 명이 실업 야구를 평정했을 정도로 양국의 수준 차이가 컸다. 따라서 프로야구 대표급으로 선수단을 구성하고 첫 해외 원정대회로 치러지는 한일 슈퍼게임은 우리 프로야구의 수준을 가늠해 볼 기회였다. 물론 그 전에도 일본과의 교류가 활발했지만 주로 아마야구단 차원이었고, 프로 대표팀이 겨루기는 처음이었기 때문이다.

OB 베어스 김영덕 초대 감독이 난카이 호크스(현 소프트뱅크 호크스)에서, 김호중 투수가 한큐 브레이브스(현 오릭스 버팔로스)에서 선수 생활을 했다. 한국 실업야구로 옮겨 온 김영덕은 해운공사와 크라운맥주, 한일은행에서, 김호중은 한일은행과 한국 화장품에서 맹활약했다.

1991년, 1995년, 1999년 총 3차례 열린 한일 슈퍼게임은 두 나라 모두 프로야구 시즌을 끝내고 치루는 이벤트 게임이었다. 우리 대표팀은 '프로야구 올스타팀'으로 구성됐으나 일본은 대표급 팀 구성은 아니었다. 당시 공중파 TV가 중계방송을 할 정도로 관심이 대단했는데, '한일전'인 만큼 우리 선수들에게도 부담이 컸을 것이다.

1991년 대회의 우리 대표팀 감독은 해태 김응용이었다. 3차전에서 일본에 2:5로 패하자 팬들과 여론의 비난이 물 끓듯 했다. 1회 이정훈, 4회 김성한의 홈런으로 우리가 승기를 잡았지만 결국 패한 것. 그러자 김 감독은 주위에 사람이 없는 가운데 "다음 한일 슈퍼게임이 있어도 절대 감독 안 하겠다. 누구든 나한테 감독 맡으라고 하

1995년 한일 슈퍼게임에서 만난 이치로 선수.

면 칼 들고 찾아갈 것"이라며 격앙된 반응을 보였다.

그 경기는 특히 선동열이 투입되지 않아 여론이 더욱 좋지 않았다. 리드하던 한국이 7회 5실점으로 역전패하는데, 불펜에서 몸을 풀던 선동열이 더그아웃으로 들어가 버린 것이다. 실상을 모르는 팬들의 성화는 대단했다. 누가 선동열에 대해 질문하자, 김 감독은 "그래도 내가 선동열을 제일 잘 알지 않나. 몸에 이상이 있거나 컨디션이 좋지 않다고 할 때 마운드에 올려서 성공한 적이 없다. 동열이가 몸을 풀다 말고 들어와 '아무래도 무리'라고 하길래 그러라고 한 것이다. 야구를 하루 이틀 하고 말 것도 아니고, 선수를 망가뜨려가면서까지 친선 경기를 꼭 이겨야 하는지 모르겠다"며 강한 불쾌감을 토로했다.

2009년 WBC 결승전 직전 이치로 선수와.

일본 프로야구 오릭스 블루웨이브 타자로 맹활약한 스즈키 이치로는 1995년 한일 슈퍼게임에 출전했다. 후일 그는 "한국은 앞으로 30년 동안 일본을 이기지 못한다"는 말로 국내 야구팬들을 자극했다. 2006년 WBC 대회 때였다. 당시 2라운드에서 일본이 우리 대표팀에 1:2로 패하자, 그가 화를 내며 더그아웃을 떠나던 장면은 아직도 생생하다. 1995년 당시 한국 대표팀의 수준을 생각하면 기가 찰 노릇이었을 것이다. 일본 베스트 선수들로 구성된 대표팀이 한국에 진다는 건 상상할 수 없는 결과였을 테니 말이다.

국민적 관심이 집중되며 높은 긴장감을 형성하는 한일 슈퍼게임은 KBO 리그에 자극제가 되었고, 양국이 프로야구 차원에서 기량을 겨루는 큰 대회란 점에서 의의를 찾을 수 있다.

한일 슈퍼게임 3회를 통틀어 우리나라의 성적은 최종 5승 8패 3무. 그중 가장 성적이 좋은 것이 1995년 2승 2무 2패였고, 1991년 2승 4패, 1999년 4경기 1승 1무 2패를 기록했다.

야구는 반전이다

한국에 두 번 지고도 WBC 우승한 일본

"허 상, 한국이 결승에 올라가 우승하기를 바랍니다. 우리는 졌지만, 한국이 아시아를 대표해서 우승해야지요. 선전을 기원합니다."

2006년 3월 17일 WBC월드베이스볼클래식에서 일본 대표팀이 우리 대표팀에게 충격적인 패배를 당한 다음날 아침, 오 사다하루 감독이 호텔 로비에서 내게 한 말이다. 어깨를 늘어뜨린 일본 대표팀이 샌디에이고로 이동하는 날이었다. 오 사다하루 감독의 초췌했던 모습은 아직도 지울 수가 없다. 일본은 도쿄 예선전에서 우리에게 2:3으로 역전패했고, 미국에 와서도 1:2로 패했다. 탈락이 거의 확정적이었으니, 그 충격은 이루 말할 수 없이 컸을 것이다.

2006년 3월 5일 일본 야구의 심장부라 불리는 도쿄돔에서 펼쳐진

WBC 예선전 1라운드 마지막 경기. 우리 대표팀은 김선우를, 일본 대표팀은 와타나베 슌스케를 선발 투수로 내세웠다. 일본이 기선 제압에 성공했다. 1회 말 2사 3루에서 마쓰나카 노부히코가 내야 안타로 선취점을 얻었고, 2회 말에는 가와사키 무네노리가 우월 솔로 홈런을 기록했다. 그러나 4회 말 일본이 2사 만루찬스를 잡았는데, 우익수 이진영의 다이빙캐치로 한국은 위기를 탈출했다.

그 후 한국은 8회 초 1사 1루에서 이승엽이 좌완투수 이시이 히로토시를 상대로 역전 2점 홈런을 기록했다. 그리고 9회 말 박찬호의 마무리로 도쿄 예선라운드 1위에 올랐다. 도쿄돔이 숙연해졌고, 일

1987년 일본시리즈 오 사다하루 요미우리 감독과.

2009년 WBC 당시 오 사다하루 전 감독과.

본 야구 관계자들은 허탈한 모습이었다. 일본 해설자들은 내게 "일본이 실력에서 졌어요. 이승엽의 홈런이 인상적이었어요", "일본야구가 자만에 빠져 있는 게 아닌지 걱정됩니다" 등의 이야기를 했다.

그리고 열흘이 지난 3월 16일, 미국 LA 에인절스 스타디움에서 우리 대표팀은 일본과 다시 맞붙었다. 2라운드에서 한국은 2승으로 4강 진출을 이미 확정했고, 일본은 1승 1패의 전적이라 한국에게 패할 경우 탈락할 가능성이 큰 경기였다. 선발 투수는 박찬호와 와타나베 슌스케. 일본은 2회 찬스를 맞았다. 2사 2루에서 사토자키 도모야의 우전 안타. 그러나 우익수 이진영이 2루 주자 이와무라 아키

노리를 홈에서 잡아내며 한국 대표팀은 위기를 탈출했다. 이진영이 '국민 우익수'라는 별명을 얻은 것도 WBC 예선 1라운드와 2라운드 일본전에서 보여준 활약 덕분이었다.

그리고 8회 초까지 0:0의 팽팽한 투수전이었다. 한국은 8회 초 1사 1루의 기회에서, 이병규가 투수 스기우치 도시야를 상대로 중전 안타를 때렸다. 이때 1루 주자 김민재는 무리하게 3루까지 뛰어서 아웃될 상황이었다. 그런데 3루수 이마에 도시아키가 공을 제대로 포구하지 못해 세이프. 결국 2사 1루가 될 장면이 1사 2, 3루가 된 것이다. 그러자 일본이 자랑하는 마무리 투수 후지카와 큐지가 마운드에 올라왔다. 가장 큰 승부처였다. 여기서 이종범이 인상적인 타격을 했다. 이종범은 2볼 노스트라이크의 기회를 놓치지 않고 좌중간 2루타로 2득점에 성공했다.(그러나 정작 본인은 3루로 진루하다 아웃됐다.)

일본은 9회말 2:0 상황에서 선두 타자 니시오카 츠요시가 구대성을 상대로 좌월 솔로 홈런을 기록하며 1점을 쫓아 왔다. 그러자 김인식 감독은 오승환을 등판시켜 결국 2:1로 승리했다. 우리나라는 1, 2라운드 6전 전승을 기록하며, 4강전에 진출했다. 일본은 1승 2패로 탈락 위기에 놓였고, 우리에게 도쿄, LA에서 2차례 연속 패배로 패닉 상태에 빠졌다. 4강 진출이 거의 좌절된 일본 선수들은 밤새 통음을 했다는 소리가 들렸다.

그러나 일본에게 기적 같은 일이 일어났다. 멕시코가 미국에게 2:1로 극적인 승리를 거두면서 일본이 턱걸이로 4강에 진출한 것이다. 내가 중계방송을 위해 샌디에이고 호텔에 도착하고 얼마 지나지 않아 갑자기 호텔이 시끌벅적해졌다. 멕시코가 의외로 미국을 이기자, 일본 선수들이 좋아서 호텔 복도를 뛰어다니며 환호했던 것이다. 일본은 예선전에서 미국, 멕시코와 똑같이 1승 2패를 기록했으나, 이닝 당 최소 실점으로 4강에 진출(일본 2.55, 미국 2.65, 멕시코 3.50)했다.

기사회생한 일본은 4강전에서 한국에 6:0으로 이긴 후, 결승전에서 쿠바를 상대로 10:6으로 승리하며 WBC 대회 첫 우승을 차지했다. 우리 대표팀에 두 번이나 지고도 대회 우승을 한 것이다. 초췌한 모습으로 한국의 선전을 빌었던 오 사다하루 감독도 극적인 반전을 통해 WBC 첫 대회 우승 감독이 됐다. 아무래도 WBC가 흥행에 초점을 맞추다 보니 독특한 대진 방식을 만든 결과였다.

일본은 첫 우승에 이어 WBC 2회에서도 우승팀에 올랐고, 우리 대표팀은 준우승을 기록했다. 라이벌인 일본과의 대결은 만만치 않지만, 스포츠는 항상 예상치 못한 굴곡과 반전을 지나 역사를 만드는 만큼 한국 야구의 위상과 역량도 계속 성장할 것을 믿는다.

'운칠기삼'이 통하다

베이징올림픽의 금빛 투혼

"고영민! 고영민! 아~~~~~~"

우리나라가 야구에서 첫 금메달을 따낸 2008년 베이징올림픽. 요즘도 재방되는 쿠바와의 결승전 장면을 보면, 얼굴이 화끈거리기도 하지만 당시의 감격이 대단했음을 다시 한 번 확인하곤 한다.

전 대회 우승팀인 쿠바와 힘겹게 경기를 펼쳐가던 9회 말. 호투한 선발 투수 류현진에 이어 정대현이 마운드에 서 있었다. 1사 만루. 절체절명의 상황이었다. 율리에스키 구리엘현 휴스턴 애스트로스이 타석에 들어섰다. 베이징올림픽에 참가한 쿠바 선수들 중 가장 뛰어나며 곧바로 메이저리그에 진출해도 300만 달러 이상을 받을 수 있다고 평가받는 선수였다. 순간 '올림픽 금메달의 꿈이 이렇게 끝나고 마는구나' 싶었다. 그러다 정대현이 그를 6-4-3 더블 플레이로 잡아

내는 순간, 나도 모르게 '아~~~~~' 하는 탄성이 나왔다. 원래는 "아~~~~~ 우승이에요!"라고 말하려 했지만, 목이 잠겨 있어 '아~~~~~'만 외치고 말았던 것이다. 왜 그랬을까?

사실은 결승전 전날 한 경기만 중계방송을 할 예정이었다. 그런데 한국 대표팀이 결승에 오르자, 긴급 편성으로 쿠바와 미국 준결승전 중계까지 했다. 오랜 방송 생활 동안 한 차례도 목이 잠긴 적이 없는데, 하루 전 그 두 게임을 연속으로 열띠게 중계한 탓인지 가장 극적인 결승의 순간 그만 목이 막히고 말았다. 이틀 연속 10시간 넘게 생중계를 한 덕분에 유례없는 경험을 한 것이다. 그럼에도 내 방송 해설 경력을 통틀어 가장 기억에 남는 경기가 바로 베이징올림픽 결승전이다.

준결승 직전 김경문 감독은 내게 "좋은 꿈을 꿨는데, 말하면 꿈이 깨진다고 하니 이야기해줄 수는 없어요"라고 말했는데, 정말 꿈이 현실로 이어졌는지 기적이 일어났다.

결승전 9회 말 마지막 수비 때 남미계 주심의 스트라이크 볼 판정에 주전 포수 강민호가 항의하다 퇴장을 당했다. 낭패스러웠다. 그러나 노장 진갑용이 급히 포수 마스크를 쓰고 정대현이 구리엘을 병살처리하면서 한국 야구사에서 가장 극적인 승리를 거두었으니, 김경문 감독의 꿈처럼 스포츠 중에서도 야구가 '운칠기삼運七技三'이 통하는 대표적인 종목인지도 모르겠다.

당시 준결승에서 우리와 맞붙은 팀은 일본. 호시노 감독이 이끄는 일본팀은 의도적으로 우리를 자극하며 신경전을 펼쳤다. 그러나 일

2008년 전력분석차 잠실구장을 찾은 호시노 감독과
담소를 나누는 모습. 앞의 오른쪽은 다부치 코치.

본은 한국에 6:2로 패하고 2000년 시드니올림픽에 이어 또다시 눈물을 흘렸다.

그 경기에서 일본이 자랑하는 최고의 마무리 투수 이와세 히토키를 상대로 이승엽이 친 홈런은, 내가 본 홈런 중 가장 극적인 홈런이다. 나는 홈플레이트 가까이서 한광섭 아나운서와 함께 중계를 하고 있었다. 홈 플레이트 바로 뒤 실외에 있는 중계석이었다. 이승엽이 친 타구는 뻗어나가긴 했지만 홈런이라고 확신하기 힘든 타구였다. 그러나 공이 계속 흰 포물선을 그리며 우중간 펜스를 살짝 넘어갔다. 일본이 독도 영유권을 주장하며 우리나라를 도발하던 때인지라, 나는 모르게 "(공이) 독도를 넘어 대마도까지 갔네요!"고 말했다. '도쿄를 공습했다'는 표현이 순식간에 떠올랐지만, 잘못하면 외교문제(?)로 비화될지 몰라 대마도에서 멈춘 기억이 있다.

베이징올림픽에서 우리 대표팀은 9전 전승으로 금메달을 획득했을 뿐 아니라 메이저리그를 비롯한 세계 야구계에 한국 야구의 위상을 각인시켰다. 2009년 메이저리그 스프링 캠프에서 만난 많은 미국과 남미 야구 관계자들은 "한국야구 넘버원"이라며 나를 향해 엄지손가락을 세웠다. 전에는 보지 못했던 장면이다.

베이징올림픽은 현재 메이저리그의 스타 투수로 활약하고 있는 스티븐 스트라스버그워싱턴 내셔널즈가 대학 선수로 유일하게 미국 대표팀에 참가했고, 중국이 홈에서 대만을 처음으로 이기는 등 재미있는 기록이 많이 나온 바 있다.

종잡을 수 없는 전략,
위기를 잡는 야구

"한국 감독의 야구란"

"한국 감독의 야구는 감을 잡을 수가 없어요. 도대체 한국 감독은 어떤 야구를 하는 사람입니까?"

"예상 밖의 작전과 선수 기용으로 일본을 혼란스럽게 만들었어요."

"한국 감독의 배짱은 어디서 나오는 것이죠?"

2008년 베이징올림픽 때 한국에 고배를 마신 후 일본 해설자들이 해온 말들이다. 그렇다. 김경문 감독은 일본의 섬세한 분석력, 일명 '데이터 야구'를 부숴버렸다. 좌완 투수 이와세 히토키를 상대로 좌타자 김현수를 기용한 것이 대표적인 예다.

2008년 8월 16일 베이징올림픽 예선 풀리그 4차전 일본과의 경기, 2-2로 팽팽하던 9회 초 2사 1, 2루 공격 상황에서였다. 대타로 등장한 김현수는 중전안타로 한국의 결승타를 만들어냈다. 그것은 좌우 놀이가 관행처럼 굳은 일본 야구를 당황스럽게 했다. 당시 전력 분석에서 우리보다 앞선다고 자신하던 점을 감안하면, 김경문의 전략이 일본을 충격에 빠트린 것이다.

김경문 감독은 베이징올림픽에서 9전 9승으로 우승을 차지했다. 야구 특성상, 수준급의 세계 대회에서 전승 우승을 하기란 좀처럼 보기 힘든 기록이다. 쿠바와의 결승전을 앞둔 더그아웃에서 그는 "여기까지 왔으니 마음 편히 하려고 합니다. 현진이가 잘해 주겠죠"라고 말하고는 경기에 나섰다. 류현진은 기대대로 호투, 우리 대표팀의 우승을 견인했다.

결승전 직전, 나는 국기가 야구인 쿠바의 야구 영웅 안토니오 파체코 감독과 만나 이야기를 나누었다. 그는 "한국도 강팀이지만, 우리는 아주 강하다"며 자신에 차 있었다. 시차가 있었지만 쿠바 국민들은 금메달 획득에 관심이 매우 컸다. 파체코 감독은 "한국 감독이 어떻게 경기를 운영할지 궁금하다. 선발은 왼손 투수일 것 같은데…"라는 말을 남기고 결승전에 임했다.

빨간색 상하 유니폼으로 유명한 쿠바는 전 세계 아마 야구를 석권한 전력 때문인지, 마치 우리 대표팀이 쿠바에 도전하는 듯한 분위기가 역력했다. 특히 쿠바 야구는 해외교류가 거의 없어 전력 분석도 쉽지 않았다. 그러나 당시 쿠바팀은 한국에서 친선 경기를 하고 베이징으로 건너갔기 때문에 분석에 도움이 됐다.

한국은 1회 초 2사 1루에서 이승엽이 좌중간 2점 홈런을 때

쿠바는 2008년 7월 30일 LG 2군과의 경기에서 4:5로 패했다. 8월 5~6일 잠실구장에서 열린 한국팀과의 친선 경기에서는 양 팀이 1승씩 나눠 가졌다(5일 한국이 2:6으로 승, 6일 쿠바가 15:3으로 승)

베이징올림픽에서 일본의 '데이터 야구'를 좌초시킨 김경문 감독.
사진은 2019년 프리미어12 대표팀을 맡았을 때다.

려 선취점을 뽑았다. 그러자 쿠바는 1회 말 2사 주자가 없는 상황에서 마이클 엔리케스의 솔로 홈런으로 곧바로 쫓아왔다. 그 후 투수전이 펼쳐지다가 한국은 7회 초 2사 1, 2루에서 이용규가 우완 투수 루이스 라소를 상대로 우측 펜스를 원바운드로 맞힌 2루타를 쳐 추가 1점을 획득했다. 스코어는 3:1, 2점차가 됐다. 그리고 7회 말 쿠바는 알렉세이 벨의 솔로 홈런으로 3:2, 다시 1점 차로 쫓아왔다.

그리고 운명의 9회 말. 류현진은 계속 마운드에 있는 상황에서 선두 타자 헥터 올리베라에게 안타를 허용했고, 엔리케스의 희생 번트로 1사 2루에서 프레데릭 세페다와 알렉세이 벨에게 연속 볼넷을 허용했다. 볼 판정이 이상했다. 스트라이크로 잡을 법한 공이 볼로 선언되자, 강민호는 주심에게 "볼이 낮았나요?Low Ball?"라고 물었다. 그러나 주심은 '노 볼No ball'로 알아들었는지 강민호를 퇴장시켰다.

1사 만루에서 우리 대표팀은 정대현-진갑용으로 정비한 후 쿠바 타자들에 맞섰다. 정대현은 율리에스키 구리엘을 상대로 2스트라이크를 잡아냈다. 이어 바깥쪽 낮은 공으로 공략하자 구리엘은 공을 힘껏 당겨 쳤다. 타구는 유격수 쪽으로 굴렀다. 빠지면 자칫 역전패를 당할 수 있는 위기 상황. 이때 한국은 유격수 박진만이 공을 잡아 고영민2루수과 이승엽1루수으로 이어지는 6-4-3 더블 플레이를 멋지게 성공시켰다. 경기 종료. 대한민국이 극적으로 강적 쿠바를 꺾고 베이징올림픽 야구 금메달을 차지하는 순간이었다. 중계석에서 그때만큼 긴장한 적도 없었다.

당시 결승전은 지상파 3사가 동시에 중계했다. 잠실야구장 등지에서 야구팬이 단체 응원을 할 정도로 대대적인 국민적 관심 속에 치러진 결승전이었다. 올림픽 경기에서 꿈같은 우승을 차지한 김경문 감독은 한국 야구사에 큰 획을 그었고, WBC에서 연이은 선전으로 프로야구 '800만 관중 시대'로 가는 신호탄을 쏘아 올렸다.

김경문 감독은 두산을 거쳐 KBO 9번째 구단으로 창단한 NC 다이노스의 초대 감독으로 선임돼 팀의 기틀을 마련했다. 또한 2020년, NC가 프로 1군에 진입한지 8년 만에 정규리그 우승과 한국시리즈 우승을 하는 데 초석을 쌓았다.

김경문 감독은 두산과 NC 감독 시절, 총 4차례 한국시리즈에 진출했다. 하지만 재임 동안 KBO 리그 우승을 시키지 못한 아쉬움이 남아있다. 2008년 베이징에서 금빛 기적을 낳았으며 2021년 도쿄 올림픽에서도 대표팀 감독을 맡은 그가 올림픽 이후 KBO 리그에서 챔피언 감독으로 기록될지, 나에겐 큰 관심거리가 아닐 수 없다.

국대 감독은 "나라가 먼저"

'국민감독'의 리더십

"나라가 먼저다."

강렬한 인상을 남긴 이 멘트의 주인공은 김인식 감독이다. 그는 프로야구 출범 후 국가대표팀을 맡은 야구 지도자들 중, 가장 좋은 별명이라 할 수 있는 '국민감독' 칭호를 얻었다.

대표팀 감독 성적은 화려하다. WBC2006년, 2009년, 2017년와 아시안게임2002년, 프리미어122015년의 감독으로 아시안게임과 프리미어12에서 우승, 2009년 WBC 준우승으로 팬들을 열광시키며 꺼져가던 야구 붐을 일으키는 데 큰 몫을 했다.

그는 2006년 WBC 예선전에서 일본에 2연승을 거두고도 준결승에서 아쉽게 일본에 패했다.(당시 7경기 6승 1패의 기록이었다.) 2009년 WBC 역시 결승전에서 일본에 아깝게 패했다가 2015년 프

1992년 하와이 전지훈련에서 김인식 쌍방울 감독과.

리미어12 준결승에서 드디어 일본을 꺾고 우승을 차지했다. 우수한 선수, 좋은 코치진도 함께했지만 김 감독의 국제대회 감각과 리더십은 탁월했다. 역대 최장 기간 국가대표팀 감독을 지낼 수 있었던 동력도 그것이다.

2000년대 초반 국내 프로야구는 깊은 침체에 빠졌다. 1995년 '5백만 관중' 시대를 열었으나 갑자기 관중이 2백만 대(2004년 233만

명)에 그치면서 위기를 맞았다. 그러다 2006년 WBC에서 일본을 연파하면서 KBO 리그를 부활시키는 데 기여했다. 프로 선수가 주축이 된 야구 국가대표팀이 명실상부한 국가 대항전에서 일본을 꺾는 걸 보고, 야구팬들이 다시 KBO 리그로 몰린 것이다.

당시는 국가대표팀 감독 자리를 '독이 든 성배'라고 했다. 이기는 건 당연시하지만 지면 엄청난 비판이 쏟아졌기 때문이다. 프로 감독들이 대표팀 감독직을 사양하는 가운데 짐을 짊어진 김인식 감독은, KBO 리그와 국가대표팀이 출전한 국제대회에서 모두 우승한 감독으로 유일하다.

그는 1965년 크라운맥주/한일은행 팀에 입단한 첫 해, 실업 야구 신인왕에 오르며 화려하게 데뷔했지만 어깨 부상으로 1972년 선수 생활을 마감했다. 그 후 배문고, 상문고, 동국대 감독을 거쳐 1986년 해태 수석코치로 프로야구의 세계로 들어왔다. 그 후 쌍방울, OB/두산, 한화 감독을 역임했으며, OB와 두산 감독 시절, 한국시리즈 우승 2회(1995, 2001년)의 영광을 안았다.

김인식 감독은 "야구는 말이야…", "투수는 말이야…", "현진이는 말이야…"로 시작되는 독특한 말투가 있다. 하지만 그의 말에서는 야구에 대한 확고한 철학과 리더십을 발견할 수 있다. 그는 "허 위원, 야구가 어디 그리 쉬운가? 다 상황이 있는 건데, 그걸 모르면서 자기 멋대로 이야기하면 안 되지"라고 말하곤 했다. 논리정연하게 상대를 이해시키는 능력도 아주 뛰어나다. 일찍이 선수들이 좋아하는 지도 스타일로 따르는 제자들이 상당히 많다.

그런 '국민감독'에게도 한이 있다. KBO 리그 '1000승 달성' 고지를 22승 남겨 두고 아직 현장으로 복귀를 못하고 있으니 말이다. 2004년 12월 뇌졸중으로 쓰러진 병력 때문인지 구단들의 부름을 받지 못하고 있다. 한동안 그가 "내 몸은 정상인데 말이야…"라고 할 때마다 후배로서 몹시 안타까웠다. 그가 원하는 바를 이루었으면 하고 성원도 했지만 아직까지는 그라운드에서 그를 뵙지 못하고 있다.

"국가대표팀 감독은 나라가 먼저"라 했던 김인식 감독의 용단과 출중한 리더십을 떠올려 볼 때, 그의 마지막 꿈이 이루어지기를 다시 한 번 빌어본다.

코리안 메이저리거가 나타났다!

박찬호의 '첫 발'

1994년 1월 13일 미국 LA에 있는 다저스타디움에서 박찬호당시 21세의 입단식이 있었다. LA 다저스의 피터 오말리 구단주, 토미 라소다 감독, 프레드 클레어 단장 등이 환영하는 가운데 한국 야구사에 길이 남을 이벤트가 열린 것이었다. 나는 1984년 이후 거의 매년 미국 스프링 캠프를 방문하고 있었다. 그러나 처음 캠프를 방문한 때로부터 불과 10년 만에 '코리안 메이저리거'가 탄생할 것이라는 예상은 전혀 하지 못했다. 미국야구와 한국야구의 격차가 그만큼 컸기 때문이다.

피터 오말리 구단주는 아시아 야구와 야구의 세계화에 대한 관심이 높았다. 박찬호를 스카우트하기 위해 한국을 방문해 고위층까지 설득시키는 열정을 보인 끝에 마침내 그를 LA 다저스로 데려갔다.

잘 알려진 바와 같이, 박찬호는 공주고 시절 고교 대표팀의 일원이었으며 시속 150km가 넘는 인상적인 강속구를 구사했다. 그래서 어느 누구보다도 메이저리그의 관심을 끌었다. 당시 청소년 야구 국가대표팀 안병환 감독과 통역을 맡은 스티브 킴 등이 도움을 주었다. 당시 『주간야구』에서 활약하던 이태일 기자도 후견인처럼 박찬호의 곁을 지켜주고 있었다.

『중앙일보』 야구 전문기자를 거쳐 향후 NC 다이노스 대표이사가 된 인물

박찬호가 LA에서 입단식을 하자, LA에 거주하는 선배 한 분이 자신의 집에 박찬호와 나를 초대해 함께 식사한 적이 있다. 그만큼 교민 사회에서도 그의 LA 다저스 입단은 큰 화젯거리였고 기대가 컸다. 그날 나는 박찬호가 목표가 뚜렷하고 야심차며, 이성적이고 논리적인 자세로 잘 무장돼 있는 후배라는 강한 인상을 받았다.

"내가 1984년 다저스 캠프에 다녀온 지 10년 만에 메이저리그에 한국 선수가 입성했다. 그 주인공이 자네라서 정말 자랑스럽다"고 내가 박찬호에게 말한 기억이 난다.

박찬호는 첫 코리안 메이저리거로서 마운드에 섰지만, 그 전에도 메이저리그에 도전한 선수들이 있었다. 이원국은 중앙고와 일본 프로야구 도쿄 오리온스를 거쳐 1968년 미국으로 건너가 메이저리그에 도전했지만 실패했다. 1972년~1982년까지 멕시칸 리그에서 활동하고 1983년 한국으로 돌아와 MBC 청룡에 입단했다. 박철순도 밀워키 브루어스에서 더블A 레벨까지는 갔으나 메이저리거로

1968년~1970년 샌프란시스코 자이언츠, 몬트리올 엑스포스(현 워싱턴 내셔널스), 필라델피아 마이너 소속으로 통산 108경기(37선발) 16승 22패 평균자책점 3.74를 기록했다.

2001년 다저스타디움에서 박찬호(가운데), 송인득 아나운서(왼쪽)와.

는 승격하지 못하고, 1982년 KBO 리그 출범 당시 OB 베이스에 입단했다.

한양대 2학년을 마치고 메이저리거가 된 박찬호는 MLB에서 124승이란 대기록을 세웠다. 박찬호가 MLB에서 전성기를 누리던 시절, 스포츠지 역사에 박찬호만큼 헤드라인을 많이 장식한 스포츠 스타는 없을 정도였다. 덕분에 국내 스포츠신문의 인기도 폭발적이었다. 특히 가판대의 스포츠지가 불티나게 팔렸고, 1면을 장식한 톱뉴스는 거의 대부분 박찬호 기사가 차지했다. 스포츠지들은 박찬호 전담 특파원들을 LA에 상주시킬 정도였다.

"허 위원님, 같은 영화를 두 번 보기는 난생 처음이네요."

"왜요?"

"얼마 전 이미 본 영화인데, 박찬호가 그 영화를 보러 간다기에 또 본 거죠 뭐. 다른 신문 특파원과의 취재 경쟁에서 물을 먹을 순 없잖아요."

LA에 파견된 한 스포츠지 기자가 내게 말한 것이다. 그 정도로 박찬호의 일거수일투족이 화젯거리였고, 그만큼 취재 경쟁도 치열했다.

나는 한국 야구사에서 박찬호는 우주에 첫 발을 디딘 닐 암스트롱과 비교할 수 있다고 생각한다. 그만큼 그가 메이저리그에 내디딘 첫 발의 의미가 컸다. 그가 첫 테이프를 끊은 이후 수많은 '박찬호 키즈들'이 메이저리그에 진출하고 있는 걸 보면, 그가 한국 야구의 국제화에 얼마나 큰 영향을 끼쳤는지를 알 수 있다.

서재응, 김선우, 김병현, 최희섭, 추신수, 최지만, 류현진, 강정호, 박병호, 김현수, 이대호, 황재균, 김광현에 이어 2021년에는 김하성, 양현종의 도전까지 코리안 메이저리거의 계보가 이어졌고 앞으로도 계속 이어질 것이다.

CHAPTER 07

방송도 야구만큼 신나게

BASEBALL STORY #07

나는 존경하는 인물로 '다저스의 목소리' 빈 스컬리를 꼽는다. 1927년에 태어난 그는 1950년부터 2016년 은퇴할 때까지 67년간 메이저리그 LA 다저스의 중계방송을 전담했다. 단일팀을 중계한 시간으로는 프로 스포츠 사상 최장 기록. 야구에 대한 열정과 헌신, 철저한 자기관리 능력과 팬들의 사랑과 존경을 한 몸에 받는 인품이 아니었다면 이루지 못했을 일이다.

내가 MBC에서 40년 가까이 방송을 하게 될 줄은 꿈에도 몰랐다. 이제 얼마나 더 방송 일을 할지 모르지만, 야구팬들이 허락하는 한 오래도록 마이크를 잡고 싶다.

나는 방송을 통해 한국 프로야구의 나아갈 바를 제시하며 함께 발전해 왔다고 생각한다. 앞으로 남은 과제는 한국 야구의 역사와 전통을 이어가며 하루속히 프로야구의 산업화가 완성되도록 기여하는 것이리라. 국민 여가를 담당하고 건전한 사회발전의 한 축을 이루는 것. 그것이 내가 그리는 한국 프로야구의 비전이다.

‘포볼’ 대신 ‘베이스 온 볼스’

야구 용어를 정립하다

야구 해설의 기본은 정보를 정확히 전달하는 것이다. 그러려면 용어부터 본래 의미에 맞게 바로 써야 한다. 이를 위해, 일본식 야구 용어를 그대로 들여와 쓰는 풍토부터 바꿔보고 싶었다.

1982년, MBC 중계방송 해설을 맡으면서 제작진 회의에도 참석했다. PD, 아나운서와 해설자가 모이는 회의였다. 그 자리에서 나는 “그동안 방송에서 무의식적으로 사용해온 일본식 야구용어를 이번 기회에 바로 잡아야 합니다”라고 주장했다. 그때 내 나이가 만 31세. 참석자 대부분이 나보다 나이가 많았지만, 서슴없이 그런 제의를 한 것이다.

“제가 국어학자는 아니지만, 잘못된 일본식 용어만큼은 반드시 고쳐야 한다고 생각합니다. 지금이 아니면 영원히 못 고칠지도 모르니까요."

최영언 PD 등 선배들은 걱정스러운 표정으로 "바로잡을 확실한 근거가 있느냐?"고 물었다. 나는 들고 간 미국 원서를 꺼내 "이 책에 나와 있는 게 정식 용어"라고 설명했다. "야구는 미국에서 시작됐기 때문에 야구 용어도 영어를 써야 합니다. 영어를 그대로 쓰는 게 어색하다면 우리말로 제대로 번역하면 됩니다."

나는 책에 실린 야구 용어를 하나하나 짚으며 의미와 용례를 설명했다. 예를 들면 볼 4개를 얻은 타자의 1루 출루를 일컫는 '베이스 온 볼스'와 타자의 몸에 맞는 공 '히트 바이 피치'를 각각 '포볼', '데드볼'이라는 일본식 용어로 부르고 있었는데, 이를 원래 용어로 수정해야 한다고 말했다.

그 외에도 수많은 용어를 찾아 보여줬다. 다만 "종목을 가리키는 '야구野球'란 단어는 일본에서 건너왔는데, 이건 국어학자들에게 정리를 맡기고 우선 방송에서는 경기 용어부터 제대로 잡자"고 제안했다. 다행히 제작진도 동의해줘서 방송 용어 바로잡기를 시작할 수 있었다. 지금 생각해도 참 고마운 일이다.

나와 제작진은 방송에서 '온 더 베이스'는 '태그 업'으로, '오버스로'는 '오버핸드 딜리버리'로, '헤드 슬라이딩'은 '헤드 퍼스트 슬라이딩'으로 바꿔야 하는 이유를 설명하고, '히트 앤드 런'과 '런 앤드 히트'의 차이점 등도 알리기 시작했다.

예상한 것이지만, 미국식 용어를 쓰기 시작하자 야구계는 물론 언론에서도 반발이 거셌다. 어떤 기자는 칼럼을 통해서 "젊은 해설자가 나와 팬들을 헷갈리게 하고 있다. 도대체 '히트 앤드 런'과 '런 앤드 히트'의 차이가 무엇이냐"는 등 지적을 했다. 그러자 방송 중계팀에서 난리가 났다. "허 위원, 이거 어떻게 된 거죠?"

그래서 나는 "기고한 기자 분에게 설명해드렸더니 본인의 오해였다는 해명을 들었습니다"라고 답했다. 그럼에도 "그건 허 위원 개인이 양해했다는 거고 방송국의 입장은 다릅니다"는 답변이 돌아왔다.

중계팀은 논의 끝에 방송에서 공식적으로 '오해'를 바로잡기로 했다. 당시 MBC는 수요일과 토요일, 일요일에 TV 중계가 있었는데, 최영언 PD가 "수요일 중계방송에서 5회 이닝 교체 시 광고를 생략하고 '히트 앤드 런'과 '런 앤드 히트'의 차이점을 내보내자"고 했다. 그래서 광고 시간에 두 용어의 차이점을 자막으로 비교하는 방송을 했다. 그런 다음 "다음 시간에는 또 다른 용어의 오해에 대해 말씀 드리겠습니다"라

야구 용어 정립을 위한 MBC 방송 제작회의에서.

대표적 야구 용어, 어떻게 바뀌었나		
일본식	미국식	한국식
포볼	→ 베이스 온 볼스/ 워크	→ 볼넷
데드볼	→ 히트 바이 피치	→ 몸에 맞는 볼
러닝홈런	→ 인사이드 더 파크 홈런	→ 장내홈런
겟투	→ 더블 플레이	
엔타이틀 투베이스	→ 그라운드 룰 더블	→ 인정 2루타
타임리 히트	→ 클러치 히트	→ 적시타
라이너	→ 라인 드라이브	→ 직선타
온 더 베이스	→ 태그 업	
헤드 슬라이딩	→ 헤드 퍼스트 슬라이딩	
싸이클링 히트	→ 히트 포 더 사이클	
노크	→ 펑고	
하프 스윙	→ 체크 스윙	

는 아나운서 멘트가 나갔다. 이후로 용어에 대한 시비는 사라졌다.

지금은 우리말로 바꾼 용어도 많아졌지만, 야구 용어 중엔 아직도 바꿔야 하는 단어가 많다. 그러나 이를 야구계 힘만으로 교정하는 데는 한계가 있다. 야구를 좋아하는 국어학자들이나 관계자들의 합의 하에 용어 정립이 필요하다.

첫 회의 때 "언어를 지배당하면 그게 독립국가입니까?"라고 겁 없이 말하던 걸 생각하면, 야구 용어를 바로잡는 지속적인 노력이 부족했음을 인정한다. 후회되는 부분이 아닐 수 없다. 늦었지만 지금이라도 바로 잡을 부분들을 계속 찾아나가며 여러 관계자들의 지혜를 구해야 하지 않을까 싶다.

나의 방송 동료, 아나운서들을 기억하다

1982년 프로야구 개막 즈음 한 통의 전화가 왔다. MBC 스포츠국이었다. "프로야구 중계방송을 해달라"는 것이었다. 당시 나는 대학에서 법학 강의를 하느라 눈코 뜰 새 없이 바쁜 나날을 보내고 있었다. 처음에는 주말 한 차례 임시로 해설을 하는, '땜방' 역할로만 생각하고 임했다.

첫 방송이 끝나자 MBC는 계속해서 해설을 해달라고 요청했다. "지금 강의를 맡고 있어서 곤란하네요. 수업과 병행은 어렵습니다"라고 사양했지만, MBC에서 지속적으로 권유를 해왔다. 나는 장고 끝에 본격적으로 해설을 하기로 하고 "프로야구 해설인 만큼 프로답게 해야 하니, 해설위원에게도 연봉제로 보상을 해주면 좋겠습니다"라고 요구했다.

1991년 한일 슈퍼게임에서 장훈 선배·김용 아나운서와.

당시는 MBC, KBS 두 지상파 방송만 있던 시절. 스포츠 해설자들은 회당 출연료를 받았다. 회당 36,500원 정도로 기억한다. MBC는 내 연봉 책정으로 골머리를 앓았다고 한다. 내가 방송국에 프로야구 A급 연봉 수준인 1,800만 원을 요구했기 때문이다. 결국 여러 주변 상황을 감안해 MBC와 1,000만 원을 조금 넘는 수준에서 계약을 체결했다.

"해설자와 연봉 계약을 하기는 허 위원님이 처음입니다. 잘 해 주세요"란 부탁과 함께 시작된 야구 해설이 올해로 40시즌을 맞는다.

나는 1982년 프로야구 출범 전 동아방송 라디오에서 아마추어 야구중계를 가끔 했다. 원창호, 김인권 아나운서가 첫 파트너였다. 특히 원창호 아나운서와 호흡이 잘 맞는다는 평가를 받았다. 당시 20대 후반이었던지라, 그에게 많은 것을 배웠다.

MBC TV와 라디오를 통해 본격적으로 프로야구를 중계하면서 많은 캐스터를 만났다. 나는 방송할 때 각 캐스터의 특성과 스타일에 맞추려고 노력하는 편인데, 그 중에서도 잊을 수 없는 아나운서들과 일화를 소개한다.

첫 중계방송은, 지금은 고인이 된 김용 캐스터와 했다. 김용 캐스터는 베테랑 아나운서였다. 방송도 그렇지만 방송 외 사생활에서도 아주 깔끔한 스타일이었다. 군더더기 없는 멘트로 내 해설을 잘 리드해 주었다. 김용 아나운서는 내게 '이런 식으로 해설해달라'는 등의 주문을 일체 하지 않았다. 젊은 해설자인 내게도 말을 자유롭게 할 수 있도록 해줬는데, 아마도 내 개성을 살려주려 했던 것이 아닐까 싶다. 그와는 해외에서까지 함께 중계를 했다.

1995년 한일 슈퍼게임 당시 도쿄돔에서 양진수 아나운서와.

팔방미인 임주완 아나운서와 잠실구장에서.

당시 야구 캐스터계 리더였던 김용 아나운서는 방송 후 맥주 한 잔을 하면서 중계 이야기를 하는 스타일이었다. 안주는 주로 멸치였다. 그야말로 간단히 입가심을 하는 정도여서 인상에 오래 남았다. 지금은 고인이 되었지만 결코 잊을 수 없는 분이다.

양진수 캐스터는 김용 아나운서 다음으로 나와 방송을 많이 했다. 내 파트너 중 멘트가 가장 간결한 아나운서였다. 중학교 시절 야구 선수를 했던 경험이 있어서인지 야구를 이해하는 깊이가 대단했다. 언젠가 술자리에서 "허 위원, 때로는 침묵도 좋은 방송이 돼요"라고 가르쳐주었다. 예를 들어 타자가 극적인 홈런을 쳤을 때, 해설가는 짧은 멘트만 하고 주자가 홈으로 들어오는 장면과 팬들이 환호하는 모습을 보여주는 것이 더 효과적일 때도 있다는 이야기였다. 나도 그분의 말에 크게 공감했던 기억이 난다.

임주완 아나운서는 정말 팔방미인이었다. 스포츠 중계는 거의 모든 종목을 커버했고, 순간순간 던지는 애드리브는 정평이 났었다.

고창근 아나운서와 1991년 한일 슈퍼게임을 중계하는 모습.

한창 중계방송을 많이 하던 시절 그는 방송이 끝난 후 "아이, 그만 쳐. 다리에 멍 들었어"라며 웃기도 했다. 다리에 웬 멍이냐고 하겠지만 중계 도중 내가 말을 할 타이밍이다 싶으면, 내 무릎으로 임주완 아나운서의 무릎을 쳐 신호를 보냈기 때문이다.

가장 재미난 장면은 2008년 6월 12일 KIA와 우리현 키움전 당시 목동 구장에서 자정을 넘기며 경기를 중계할 때였다. 화면에 관중석에서 경기를 관람하던 두 남자의 모습이 비춰졌다. 임 아나운서가 갑자기 "부부의 모습…"이란 멘트를 했다. 나는 당황해서 "네?"라고 되물었다. 그의 말대로라면 '동성애 부부'란 얘기인데, 다행히 수정 멘트를 곧바로 내보내서 팬들도 금세 진정했을 것이다. 임주완 아나운서는 2020년 MBC스포츠플러스를 통해 특별 이벤트 방송을 하며 올드 팬들을 즐겁게 해주기도 했다.

고창근 아나운서 역시 군더더기 없이 FM 스타일로 방송하는 점잖은 아나운서였다.

송인득 아나운서는 나와 TV 중계를 오랫동안 함께한 파트너였다. 스포츠 중계방송 아나운서들의 모델이라 생각할 정도로 뛰어난 전문성에다 정확한 전달력으로 이름을 떨쳤다. 방송 준비가 철저했던 그는 언제나 작은 글씨로 빽빽하게 채운 자료를 들고 나타났다. 하지만 2007년 5월 23일 젊은 나이에 유명을 달리했다. 나는 임종을 지켜봤던 터라, 송인득 아나운서 이야기만 나오면 지금도 눈시울이 붉어진다.

송인득 아나운서 다음으로 함께 중계를 많이한 이는 한광섭 캐스터다. 그는 한국체육대학교에서 박사학위를 받고 강의를 할 정도로 스포츠 중계방송에 관해 깊이가 있다. 그러면서도 어떤 종목의 중계방송을 하던 해설자에게 넉넉한 공간을 주는 스타일이다. "해설자를 두고 캐스터가 아는 체하면 안 된다"는 철칙이었다. 베이징올림픽에서는 그를 파트너로 타 방송사를 압도하는 시청율을 올려 MBC중계 역사에 큰 족적을 남겼다.

송인득 아나운서와 2000년 시드니올림픽 중계방송을.

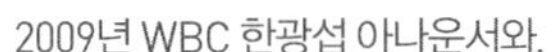

2009년 WBC 한광섭 아나운서와.

2013년 한명재 아나운서와
류현진의 메이저리그 첫 등판 중계.

최근 케이블 채널 MBC스포츠플러스에서 가장 자주 콤비를 이룬 파트너는 한명재 캐스터이다. 스포츠 전문 캐스터로 철저한 자료 준비, 정제된 멘트로 많은 팬들의 사랑을 받고 있다. 그에 관한 평가를 물어 오면 나는 "KBO부터 메이저리그, 일본 프로야구, 아마야구에 이르기까지 어떠한 야구 이야기를 해도 다 알고 있어 방송하기 편하다"고 말한다. 그만큼 국내야구뿐만 아니라 세계야구에 대한 관심과 정보가 많은 방송인이다.

이외에도 SBS의 정우영, MBC의 김나진, MBC스포츠플러스의 정병문, 김수환, 정용검, 손우주 등 많은 캐스터들과 호흡을 맞췄다.

여자 아나운서도 있다. '프로야구 하이라이트'에서 가장 많이 호흡을 맞춘 이는 MBC스포츠플러스의 김선신 아나운서. 순발력과 재치가 넘쳐흐르는 방송인이다. 지금은 SBS스포츠로 간 김민아, MBC스포츠플러스의 배지현, 박지영 아나운서 등과도 하이라이트에서 호흡을 잘 맞췄다.

"온 오프를 부탁합니다"

MBC TV에서 프로야구 중계방송 해설을 40년 가까이 해오고 있지만, 방송에서 단 한 번이라도 큰 사고를 친다면 하차해야 한다고 생각한다. 2008년 베이징올림픽 예선 5번째 경기였던 한국과 대만전 중에 벌어진 방송 사고는 하마터면 불명예 퇴진까지 초래했을지도 모르는 아찔한 사고였다.

그날 대만과의 경기는 9:8 한국의 신승. 대한민국은 1회 초 고영민의 3점 홈런 등으로 7득점, 2회 초 1점을 추가해 일방적으로 몰아치고 있었다. 그러나 대표팀은 2회 말부터 점수를 내주더니 6회 말까지 무려 8실점으로 동점을 허용했다. 다행히 7회 초 강민호의 1타점 결승타로 겨우 이겼다. 최악의 경기 내용이었다.

경기가 끝난 후 한광섭 아나운서는 "이제 마이크를 A경기장으로 옮기겠습니다. 시청자 여러분 감사합니다"라는 멘트를 했다. 담당 PD도 헤드폰으로 "오늘 수고했습니다"라는 신호를 보냈다. 사건은 그 후에 터졌다.

베이징올림픽 우커송 야구장은 중계석이 본부석 바로 뒤쪽 관중석에 있었다. 나와 한광섭 아나운서는 헤드폰을 내려놓고 스코어북과 자료를 챙기며 이야기를 주고받았다. "윤석민을 데려오지 않았으면 어쩔 뻔했어" 등 사적인 말들이 마이크를 타고 방송에 나간 것이다. 사실 야구장을 떠날 때까지도 방송 사고가 난 것을 몰랐다. 차를 타고 MBC 중계방송 센터를 찾은 후에야 그 사실을 알았다. PD와 스태프들은 "큰일 날 뻔했다"고 가슴을 쓸어내리며 미안해했다.

야구 중계방송 시에는 공·수를 교대할 때 광고가 나간다. 캐스터,

아찔한 방송 사고를 낸 날. 우커송 야구장에서 한광섭 아나운서와.

해설, PD들은 그때 방송 외 이야기들도 나누기 마련이다. 예를 들면 "아, 저 친구 왜 저렇게 못해?"라든가 "저런 플레이를 하다니, 프로 선수 맞아?", "저 감독은 야구 정말 이상하게 하네!" 등 일반 팬들이 하듯 사담을 하는 경우가 대부분이다. 다른 종목의 중계에서도 마찬가지다. 광고가 나가는 동안 개인적인 이야기를 주고받으며 긴장도 풀고 잠시 쉬어간다. 솔직히 말해, 방송에는 나갈 수 없는 이야기를 할 때도 있으며, 국제전의 경우 상대팀 흉을 보기도 한다. 그런데 가끔은 그런 상황이 마이크를 통해 시청자에게 고스란히 전달되는 실수가 벌어진다. 큰 사고다. 중계 스태프가 실수하거나 이들과 호흡이 맞지 않을 때이다.

그러면 '광고 나갈 때 말을 안 하면 되지 않나?'고 할지 모르지만, 그건 어렵다. 야구처럼 게임이 끊어지기도 하고 광고 시간이 많은 경기는 중계 스태프와 계속 현장 상황을 확인해야만 한다. 광고가 나갈 때 "조금 전 상황은 아웃이 아니라 세이프 같은데?", "수비 시프트, 플레이 동작, 야구 기술적인 장면의 리플레이"라는 등 말을 계속 해가며 PD들과 교감해야 한다. 동시에 중계차로부터 오는 여러 가지 오더를 소화해야 한다. "이번 이닝 시작할 때 조금 전 장면이 다시 나갑니다" 등 제작진이 전달하는 내용을 알아야 하기 때문이다.

방송 경력 40년이 되어도 자칫 함정에 빠지기 쉬운 방송 사고. 이것도 해설가가 짊어질 몫이라고 생각한다. 그래서 요즘도 나는 중계 때 오디오 사고가 나지 않도록 조심한다. "오디오 담당하시는 분들, 온 오프 잘 해주세요"라는 부탁을 남기며.

인복 많은 야구인 부부, 류현진과 배지현

"우린 배지현 아나운서를 스카우트합니다. 스타 아나운서가 될 걸요?" 2013년 시즌이 끝나고 2014년 초 MBC스포츠플러스 중계방송 제작진 리더 이정천 PD가 말했다.

그해 SBS스포츠는 MBC스포츠플러스의 김민아 아나운서를 스카우트했다. MBC스포츠플러스의 간판 격이던 김 아나운서를 라이벌 방송사가 데려간 것이다. MBC스포츠플러스는 맞불을 놓듯 배지현 아나운서를 스카우트했다.

인연이란 참 묘하다. 배지현 아나운서는 MBC로 오면서 메이저리그를 접했다. 그것이 계기가 돼 2018년 슈퍼스타 류현진 투수와 행복한 가정을 꾸렸다. MBC스포츠플러스에서 활약하던 정민철 해설위원 현 한화단장이 류현진에게 배지현 아나운서를 소개한 것이다. 이 커플은 말하자면 MBC스포츠플러스의 멋진 체인지업과 정민철 위원의 컨트롤이 빚어낸 멋진 작품인 셈. 나도 두 사람의 결혼을 지켜보면서 "과연 인연이라는 게 있고, 운명적 만남이 따로 있구나"라고 생각했다.

4년간 '베이스볼 투나잇'를 함께 진행한 배지현 아나운서는 방송국 내에서도 칭찬이 자자했다. 서강대학을 졸업하고 SBS 슈퍼모델 출신인 배 아나운서는 내가 보기에도 나무랄 데 없는 멋지고 참한 인물이었다. 그래서 결혼 후 메이저리그 캠프에서 류현진을 만나면 짓궂은 농담을 던지곤 했다. "현진아. 배지현 씨는 네가 야구 스타가 아니면 못 만났을 사람이니 잘해 주어야 한다"고. 실제로 KBO 리그를 잘 아는 아나운서 출신이기에 류현진에 대한 내조도 '특급'이 아닐 수 없다.

2020년 토론토로 팀을 옮긴 류현진은 코로나19로 힘든 한 해를 보냈다. 코로나 사태로 고생하는 사람이 어디 한둘이냐마는, 류현진의 가족도 스프링 캠프지를 애리조나 주에서 플로리다 주로 옮겼다. 정규 시즌도 홈구장 토론토가 아닌 미국 뉴욕 주 버팔로에서 열렸기 때문에 첫 딸을 얻은 뒤 낯설고 어려운 환경 속에서 한 시즌을 보내야 했다. 그럼에도 류현진이 토론토 블루제이스를 오랜만에 포스트시즌으로 견인하고, 몸값 이상으로 역할을 수행하면서 2년 연속 사이 영 상 후보로 오른 데에는 배지현 씨의 몫도 크다고 본다.

프로야구 선수는 육체적인 면과 정신적인 면이 균형을 잘 이루어야 한다. 류현진은 좋은 컨디션을 유지하는 가운데, 2018년 다저스 시절부터 상대 전력 분석을 철저히 하면서 더 좋은 성적을 만들어

류현진과 배지현 부부. 스포츠서울 제공

가고 있다. 결혼과 함께 가정을 이루고 안정감 있는 생활을 하게 된 것도 그가 꾸준하게 성장하고 있는 원동력이다.

그러고 보면 류현진은 본인의 능력과 노력도 뒷받침됐지만, 인복도 많은 야구인이다. 그가 한화에 입단해 김인식 감독과 송진우, 구대성, 정민철을 만난 것, 소년가장 역할을 하면서 단련된 경기 운영력도 그가 받은 멋진 선물인 것 같다.

행운의 중계방송

야구 해설가로서 인생을 돌아보면 '나는 정말 행운아였구나!'라는 생각이 든다. 특히 MBC에 몸을 담게 된 것을 진심으로 감사하고 있다.

나는 MBC가 프로야구 출범을 주도한 방송사라는 것을 나중에 알았다. MBC는 프로야구 중계에도 전사적으로 지원했고, 스포츠 전문채널 'MBC스포츠플러스' 시대부터는 중계방송의 질도 한층 향상시켰다. 그러나 스포츠 중계는 특성상 올림픽, 아시안게임, WBC, 메이저리그 등의 중계권 확보가 무엇보다 중요하다.

베이징올림픽 중계가 지상파 3사의 치열한 시청률 경쟁 아래 이루어졌다면 MLB 중계는 다르다. 한 방송사가 독점 중계권을 갖기 때문이다. MBC는 가장 긴 기간 동안 MLB 중계권을 확보한 방송사다.

자연스레 월드시리즈 중계까지 했다. 가장 기억에 남는 세 시리즈가 있다.

2001~2004년, 2012~2020년까지 13년간

2001년 애리조나 다이아몬드백스와 뉴욕 양키스가 맞붙은 월드시리즈다. 애리조나에서 김병현이 주가를 높이던 때다. 지금도 양키스 스타디움 좌측 폴 옆에 위치한, 조그마한 임시 중계박스를 잊을 수가 없다. 중계권료를 많이 낸 방송사들은 홈 플레이트 뒤쪽에 자리 잡으며, 그렇지 않은 방송사일수록 좋은 자리에서 밀려나는 게 당연지사다. 게다가 MBC는 늦게서야 중계방송을 신청했던 것이다.

4차전에서 김병현이 데릭 지터에게 홈런을 허용한 다음날, 내가

2001년 월드시리즈 뱅크원볼파크(현 체이스 필드)에서 양키즈 코치와.

애리조나 밥 브렌리 감독에게 물었다. "오늘도 BK김병현가 나옵니까?" 그는 "나간다"고 했다. 전날 던진 게 있는데, 의아한 마음이 들었다. 우리 중계석이 양키스 스타디움의 외야 쪽 불펜과 가까워서 김병현이 몸을 풀기 시작하는 것을 미리 알 수 있었다. '드디어 아시아인 월드시리즈 첫 세이브를 기록하게 되나'라는 기대와 전날의 악몽이 교차했다. 오랜 중계방송 경험 중 가장 당황스러운 장면이 연출되면서 할 말을 잊은 건 잠시 후였다.

5차전 9회 말 2아웃 주자 2루, 뉴욕 양키스 스캇 브로셔스가 친 타구가 우리 중계석 파울 폴 쪽으로 날라왔다. 홈런성 타구였다. 나는 속으로 '타구야! 휘어져 나가라! 나가라!'고 외쳤다. 그러나 타구는 페어 쪽으로 떨어지는 홈런이었다. '아니, 어쩜 이럴 수가 있는가?'라는 충격 속에 나는 할 말을 잊고 말았다. 내 중계방송 역사 중 가장 충격적인 순간이었다.

기억에 남는 시리즈 또 하나가 2004년 보스턴 레드삭스와 세인트루이스 카디널스의 월드시리즈였다. MBC는 그때도 중계를 하기로 했다. 당시 보스턴에서 뛰던 김병현은 그 해 부진으로 엔트리에 제외됐다.

보스턴은 3·4차전 경기에서 세인트루이스를 상대로 '밤비노의 저주'를 풀었고, 결국 4전 전승을 이뤘다. 86년만의 우승이었다. 나는 야구사에 길이 남을

김병현: 2004 시즌 7경기 2승 1패 평균자책점 6.23. 당시 월드시리즈 엔트리에는 제외됐으나 40인 로스터에는 포함돼 우승 반지를 획득했다.

밤비노의 저주: 보스턴 레드삭스가 '밤비노'라 불린 전설의 타자 베이브 루스를 1920년 뉴욕 양키스로 트레이드하고 86년간 월드시리즈 우승을 하지 못한 징크스를 말한다.

2004년 '밤비노의 저주'가 풀린 월드시리즈 우승 기념 모자.

그 경기를 직접 중계 방송하는 행운을 누린 것이다.

중계방송이 끝나고 송인득 아나운서 등과 그라운드로 내려갔다. 그라운드는 엄격히 통제되는 구역이지만 선수 가족들과 미디어에만 허용됐다. 당시 보스턴에 LG트윈스 소속 한국인 트레이너 이창호 씨가 있었다. 나는 쓰고 있던 모자를 그에게 주며 "월드시리즈 모자인데, 라커룸에서 선수들 사인을 받아줄 수 있느냐?"고 물었다. 이창호 씨는 "가능하다"며 얼마 후 사인 받은 모자를 가져다주었다. 내가 보관하고 있는 수많은 사인볼과 기념물 중 가장 귀하게 여기는 월드시리즈 우승기념 사인이 새겨진 모자는 그렇게 해서 생겼다. 모자에는 페드로 마르티네스, 데이비드 오티즈, 매니 라미레즈, 자니 데이먼, 트롯 닉슨, 빌 밀러 등의 사인이 새겨져 있다.

2016년 시카고 컵스가 '염소의 저주'를 푼 우승 역시 기억에 남는 중계방송이었다. 시카고 홈구장인 리글리필드는 1990년 시카고 올스타전 때 참관자로 관중석에만 앉아봤지만, 중계방송을 하러 온 2016년에는 해설자로서 미리 명물 전광판, 담쟁이덩굴의 외야 펜스, 좁은 더그아웃 등 야구장 곳곳을 둘러볼 수 있었다. 중계는 3~5차전만 했기 때문에 현장에서 우승 장면을 보진 못했지만 가장 기억에 남는 중계방송 중 하나다. 야구팬들에게 잘 알려진 '염소의 저주' 주인공이 운영했던 레스토랑 '빌리 고트 타번Billy Goat Tavern'을 찾아가 맥주 한 잔을 들이켰던 것도 유쾌한 기억이다.

1945년 월드시리즈 경기에 염소를 데리고 들어온 관람객이 염소의 악취를 이유로 쫓겨나자 "다시는 컵스가 월드시리즈에서 우승하지 못할 것"이라고 저주를 퍼부은 것을 말한다.

이렇듯 주요 국제대회와 MLB 중계를 경험한 것은 MBC가 내게 준 큰 선물이다.

롱런의 비결을 물으신다면

'권력, 돈, 명예 중 명예만 갖도록 노력하라.'

1990년 미국 마이너리그 코치로 전역을 돌아다니며 방문했던 많은 도시들. 그리고 마이너리그의 젊은 선수들, 코칭스태프들과 함께한 시간. 나에게 큰 도움이 된 자산이라 할 수 있다.

실제로 마이너리그 스프링 캠프 이후 여러 레벨의 팀들을 옮겨 다니면서 많은 생각을 하게 됐다. 그도 그럴 것이, 당시는 불혹의 40세가 아닌가. 귀국을 두고 나는 결심했다. 명예만 갖고 살겠다고.

그동안 감독직뿐 아니라 정치계나 사업가들의 제의나 유혹이 끊이지 않았지만, 흔들리지 않고 야구 해설을 통해 야구 발전에만 이바지하자는 기본 생각에는 변함이 없다.

감독직은 체질상 맞지 않는 것 같다. '한 구단의 우승 감독이 되는 것도 좋지만, 과연 감독직에 시간을 투자할 가치가 있는가?'라는 의문이 가시지 않기 때문이다. 우리 야구계는 KBO 원년 우승의 주역인 두산 김영덕을 비롯해 롯데 2회 우승의 강병철, LG 이광환, 한화 이희수, 현대 4회 우승의 김재박 등 걸출한 업적을 남긴 감독에 대한 은퇴 후의 평가나 예우가 미흡한 것이 사실이다. 은퇴 후 활동 반경도 좁다.

정치계에서 제의가 올 때마다 "그만한 그릇이 못 되며, 지역 발전보다 야구계와 체육계에 관심이 있다"고 완곡히 거절했다. 그래서 나는 여당도, 야당도 아닌 '체육당'이다.

사업의 유혹을 견딘 것은 돈의 노예가 되지 말자는 것이었다. 현대그룹 프로야구단 창단 시도 당시 도움을 줬을 때 사업 제의가 있었지만, 이 역시 사양했다. "돈으로는 한국에서 결코 1인자가 될 수도 없고, 돈이 많아도 인생의 보람을 못 느낄 것 같다. 따라서 야구 해설자로 인정받고 싶다"고 답했다. 그때 만난 현대 관계자는 내 대답을 듣더니 "왕 회장님이 주시는 선물인데…"라며 고개를 갸우뚱거렸다.

역시 재력이든, 정치든 관심이 없었고, 지금도 그렇다. 쉽게 말해 나는 메이저리그의 전설적인 캐스터 빈 스컬리 같은 사람이 되고 싶었다.

해설을 잘 하기 위해서는 어떻게 해야 할까? 나는 늘 그것을 고민한다. 결국 얻은 결론은 끊임없이 연구하고 노력을 기울여야 한다는 것. KBO는 물론이고 메이저리그나 일본 프로야구 등 세상의 모든 야구를 다 알아야 시청자들에게 다양하고 정확한 정보를 제공할 수 있기 때문에, 방송을 위해 많은 시간을 할애해 준비한다.

중계방송 초창기에 비하면 요즘 시청자와 팬 층은 연령대만 해도 10대~80대까지로 폭이 넓고 이들의 관심사와 배경 지식도 그만큼 깊고 다양하다. 초기에는 중계방송을 앞두고 직접 펜으로 쓰면서 자료를 정리했는데, 지금은 인터넷에서 자료를 찾고 파일에 정리해서 활용한다. 철저한 기록과 분석도 뒷받침돼야 한다. 그래서 나는 시즌 중엔 아침 일찍 출근해 밤늦게까지 야구와 씨름한다. 낮에는 메이저리그를, 저녁에는 KBO와 일본 프로야구 동향을 확인하고 중계방송을 보다 보면 하루가 훌쩍 지나가 버린다. KBO와 메이저리그 선수 프로필 기록을 챙기는 것도 많은 시간이 소요되기 때문에 쉽지 않은 작업이다. 해설은 사전 준비를 많이 할수록 내용이 충실해지기 때문에 어느 것 하나 소홀히 할 수 없다.

현장 중계는 적어도 3시간 전에는 구장에 도착해야 한다. 중계가 끝난 뒤에는 반드시 PD, 아나운서, 스태프들과 맥주 한 잔 하면서 토론을 벌이곤 한다. 야구 이야기, 방송이야기 등을 빠짐없이 주고받는 것이다. 나이가 들수록 젊은이들과 함께하면서 최신 트렌드를 알아야 하는데, 이를 충족할 수 있는 귀중한 시간이기도 하다. 덕분에 기성세대의 구태의연을 지적하는 '라떼는 말이야' 같은 신조어를 동년배들보다 먼저 알고 웃기도 했다. 그래서인지 내 친구들은 내가 유행어도 많이 알고, 세상 돌아가는 이치에 밝은 편이라고 말하곤 한다.

야구 해설을 새로운 정보를 찾는 노력이나 연구도 없이 과거의 경험만으로 대충 때우면 시청자들은 금방 눈치를 챈다. 특히 4시간 가까이 소요되는 KBO리그 현장 중계는 철저한 준비 없이는 한 달만 지나도 밑천이 드러나게 된다. 그러니, 89세까지 마이크를 잡은 '다저스의 목소리' 빈 스컬리처럼 '한국 프로야구의 목소리'로 남으려면 한 우물을 파는 집념과 탄탄한 실력이 뒷받침돼야 할 터. 역시 롱런의 비결은 끊임없이 도전하고 개선하는 데 있다.

wise saying

Baseball #03

"

실력이 얼마나 뛰어나든
자기가 뛴 경기의 1/3은 질 것이다.
실력이 얼마나 형편없든 1/3은 이길 것이다.
차이를 만들어 내는 것은,
그 나머지 1/3에 달려 있다.

"

– LA 다저스 토미 라소다 감독 –

CHAPTER

08

인프라에서 시작해 인프라로 끝난다

BASEBALL STORY #08

야구팬들이 부르는 내 별명은 '허프라'. 야구 발전을 위해 무엇보다 중요한 것이 인프라 구축임을 강조하는 걸 빗댄 듯하다. 특히 돔 구장에 대한 열망을 많이 표현하다 보니, 어떤 주제로 이야기하든 결국 돔으로 귀결된다며 '기승전돔'이란 이야기까지 한다. 이런 별명들이 싫진 않다.

12개 팀으로 구성된 일본 프로야구만 해도 6개 팀이 돔구장을 사용하고 있다. 돔구장을 통해 벌어들이는 수익도 어마어마하다. 야구가 스포츠 산업으로서 더욱 발전하는데 인프라가 왜 중요한지 미루어 짐작할 수 있는 대목이다.

열악한 환경을 개선하고, 신축 구장을 짓도록 돕고, 이를 위해 지자체의 협력을 이끌어내고, 아마야구도 마음껏 뛸 수 있는 장을 마련하고, 해외 야구를 견인하는 등. 인프라 구축을 위해 시간과 장소를 가리지 않고 뛰어다닌 그 모든 노력이 한국 야구의 든든한 기반이 된다면 더할 나위가 없겠다.

낡은 구장이
'유산'이 되기 전에

"우리나라 야구장은 정말 아니구나! 이곳 연습장만도 못하다니!"

1984년 플로리다 베로비치 다저 타운을 처음 방문했을 때 나는 큰 충격을 받았다. 자정 넘어 도착한 다저 타운에서 다음날 아침 식사는 피터 오말리 구단주와 토미 라소다 감독 등 수뇌부와 함께 캠프장 내 레스토랑에서 했다. 레스토랑으로 가면서 눈에 들어오는 야구장들을 보니 입이 쩍 벌어졌다. 1968년 고교선발 팀으로 처음 일본 원정을 갔을 때 느꼈던 놀라움 이상이었다. 그리고 메이저리그 시범경기 때 시설을 보면서 "프로야구는 우선 시설, 인프라가 제대로 갖춰지지 않으면 안 된다"는 걸 뼈저리게 느꼈다.

1990년 마이너리그 코치 시절, 싱글A, 더블A, 트리플A의 많은 구장을 둘러보며 인프라가 중요하다는 확신이 더 커졌다. 특히 메이저리그 토론토 블루제이스 홈구장인 스카이돔(현 로저스센터)의 호텔에 투숙하면서 놀라움은 절정에 달했다. 세계 최초의 개폐식 돔구장이면서, 야구장 내 호텔이 붙어 있어서 복도를 걸어 라커룸까지 갈 수 있는 구조였다. 5만여 관중이 꽉 들어차는 개폐식 돔을 보는 순간 "우리는 언제 이런 환경에서 해보나?"하는 혼잣말이 절로 나왔다.

당시 국내 프로야구장은 대부분 아마추어가 사용하던 구장이었다. 전국체육대회 때 개최도시가 지은 구장이 많았다. 그나마 서울 잠실구장, 부산 사직구장, 인천 문학구장은 나았다. 그런대로 프로야구를 소화할 수 있는 수준이었지만 나머지 구장은 아니었다. 그라운드는 배수시설, 잔디 관리 등에서 문제점이 많았다. 관중석을 비롯해 라커룸, 기자실 등은 아예 없거나 열악했다.

중계방송을 통해 이런 사정을 강조하지 않을 수 없었다. 대부분 지자체는 들은 체 만 체, 콧방귀를 뀌는 듯했다. 최악의 구장은 대구 시민운동장이었다. 너무 낡아 안전진단 검사를 받아야 할 정도였다. 한 여름 더위에 관중은 말할 수 없이 불편했고, 선수들도 숨이 턱턱 막히는 인조잔디 구장이었다.

한번은 시구하러 온 시장에게 "야구장을 이렇게 해놓고 시구하러 오느냐?"고 대들었다. 시구를 한 대구시장이 VIP실에서 관전하는 걸 보고 "저 룸은 시원하겠지만 지금 관중석은 40도가 넘는다"고 직격탄도 날렸다. 그래도 구장 신축 기미가 없길래, 틈만 나면 "내가 중계방송을 하는 동안 대구, 광주 구장이 신축되는 게 소원이다"라는 말을 앵무새처럼 되풀이했다. 나는 방송에서 "대구구장은 MLB

2016년에 개장한 대구 삼성라이온즈파크.

의 시카고 리글리 필드, 보스턴의 펜웨이 파크처럼 100년 넘도록 사용하여 '체육문화유산'으로 지정하는 게 좋을 것 같다"고 비꼬기까지 했다.

대구 야구장을 신축하게 된 결정적 계기는 김범일 시장과의 만남이었다. 어느 날 시장실에서 연락이 와 시장을 만나자, 그는 이렇게 말했다.

"허 위원님. 야구장을 짓도록 하겠습니다. 얼마 전 대학생들과 대화 시간이 있었는데 '대구시가 해야 할 첫 번째 과제가 무엇인가?' 물었더니 야구장 신축을 꼽았습니다. 시청 건물이 오래돼 새로 지어야 하지만 야구장부터 짓기로 결정했습니다."

나는 아직도 김범일 시장에게 감사하는 마음을 갖고 있다. 그래서 '대구 삼성라이온즈 파크' 이야기가 나오면 가끔 김 시장을 언급한다.

광주구장도 마찬가지였다. 1983년 장명부는 "이거 정말 심하지 않나요. 욕설도 야유도 다 참겠는데, 마운드에 서 있는 투수에게 새총을 쏘는 건 너무해요"라고 했다. 광주 무등야구장은 내야 관중석이 그라운드에 너무나 가깝게 설계돼 있었다. 그래서 극성팬들은 원정팀 투수에게 새총을 쏘는 등 경기를 방해하는 행위를 했다. 하지만 이를 막을 방법이 없었다. 관중석과 그라운드가 가까운 것은 좋지만 어떤 경우는 나쁜 영향을 끼친다.

더구나 무등야구장은 비가 와서 배수가 잘 안 되는 '침수 경기장'으로도 악명이 높았다. 다른 경기장에서는 비가 그치면 곧바로 경기를 시작할 수 있지만 무등경기장은 물이 빠지지 않았다. 비가 그쳐도 경기를 곧바로 속개할 수 없었다. 더구나 외야수 쪽에 풍뎅이나 물방개가 나와 신문에 보도되는 일도 있었다. 중계를 할 때마다 나는 이런 이야기를 했다.

그러다 2010년 광주시장 선거를 앞두고 강운태 시장 후보 측에서 연락이 왔다. "야구장 신축을 공약에 넣겠습니다."

나는 강 후보에게 "저는 정치인들 이야기를 믿지 않습니다. 그동안 많이 속았거든요"라고 했다. 그는 "광주구장은 꼭 지을 테니 걱정 마세요. 공약은 지켜야 하지 않겠습니까?"라고 했다. 나는 "그러면, 착공이 확정된 후 제가 중계석으로 한 번 모시겠습니다"라고 약속했다.

실제로 강운태 시장은 광주에서 중계방송을 할 때 한 이닝 동안 중계석으로 초대돼 함께 방송을 했다. 새 야구장을 짓겠다는 공약을 실천으로 옮겼기 때문에 내가 MBC스포츠플러스 중계진을 설득해서 이뤄진 일이다. 방송이 끝난 후 강 시장은 “고마워요. 프로야구 대단하네요. 잠깐 방송 나갔는데 몇 백통의 문자가 왔어요”라고 했다. 프로야구 인기를 실감한 것이다.

지금도 대구, 광주구장에서 마이크를 잡으면 김범일, 강운태 시장의 얼굴이 떠오르곤 한다. 인프라 구축 없이는 프로 스포츠 발전도 없는 법. 어려운 일을 해결해준 고마운 얼굴들이다.

명품 야구장이 생긴 이유

"창원시가 을이 되고, NC가 갑이 돼야 제대로 된 야구장이 건립됩니다. 시장님께서 이를 꼭 실천에 옮겨주셔야 합니다. 창원시가 주도한다고 갑질을 하면 기존 구장처럼 잘못된 구장이 만들어질 테니 꼭 확인하고 지속적인 관심을 가져주세요."

현존하는 국내 최고의 구장으로 평가받는 창원 NC파크는 시장을 세 분이나 거치며 완공된 구장이다. 이런 사정을 줄곧 지켜봐 온 내 입장에서는 '인프라 구축에서 리더, 즉 시장의 역할이 얼마나 중요한가?'를 확인하는 계기가 됐다.

야구장 공사기간 중 시장이나 책임자가 바뀌거나 하면 초심은 온데간데없이 사라지고 옆길로 새는 경우를 많이 봐왔다. 더군다나 시 공무원은 국비, 지방비 등도 확보해야 하는 만큼 노고가 많을 수밖

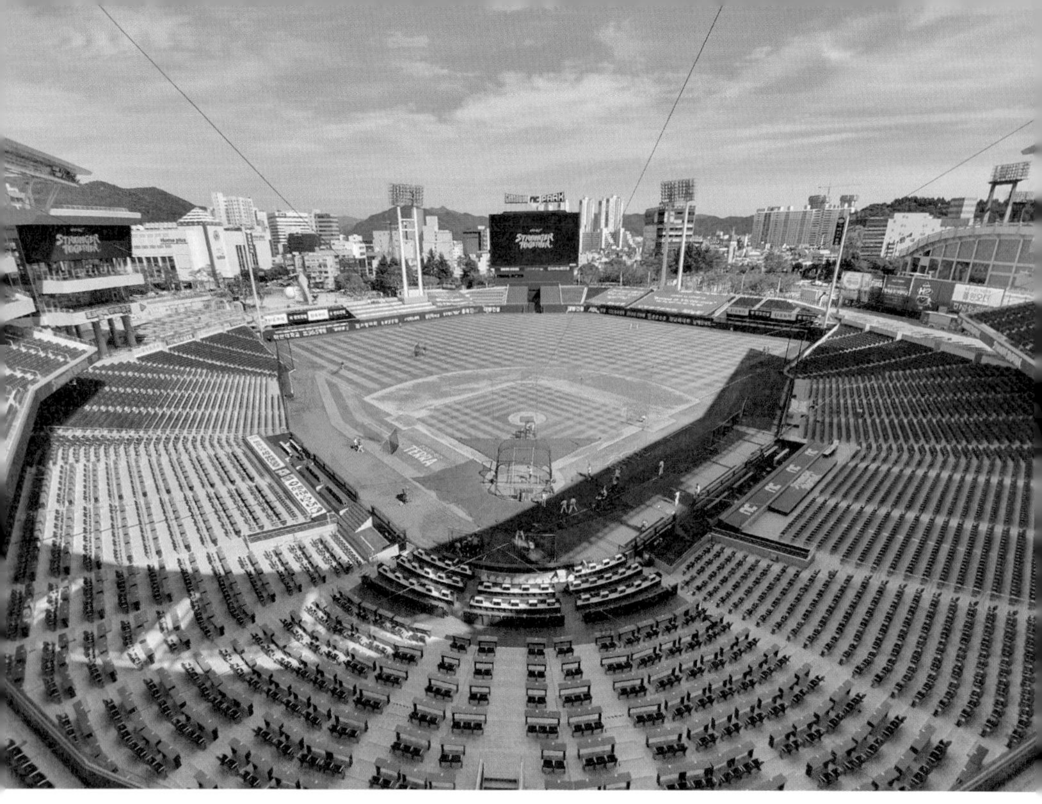

2019년에 개장한 창원 NC파크.

에 없다. 따라서 구단들은 시·당국에 뭐라고 말할 수 있는 입장이 못 된다.

창원 야구장은 박완수 시장의 야구단 유치와 함께 시작돼, 안상수 시장을 거쳐 허성무 시장에 이르러 준공됐다. 세 명의 시장을 지나는 동안, 시의 '갑질'이 없는 것은 물론이고 해당 공무원들이 열정적인 자세로 임하며 이뤄낸 성과다. 시장 보고 때 나와 배석했던 창원시 건립단장이 "시장님, 우리는 갑이 아니라 을입니다"라며 선수를 칠 정도였다. 창원 NC파크가 '명품 야구장'으로 평가 받는 이유도 그것일 것이다. 건설 계획 단계부터 야구단을 비롯한 전문가들의 이야기를 경청한 시가 갑질을 하지 않은 것이 가장 큰 성공 요인이었다.

창원시가 멋진 신축구장을 선보였다면, 그 다음으로 인상 깊은 구장은 '수원 KT위즈파크'다. 수원시가 제10구단을 유치하면서 했던 약속대로 야구장 증개축을 했다. 300여억 원이 투입된 공사였다. 이를 실현한 염태영 수원시장은 내가 만나 본 지자체장 중 언행이 백퍼센트 일치한 유일한 시장이다. 과거 팀을 유치할 때와 유치한 후, 혹은 야구장 신축 전과 후가 달랐던 지자체나 지자체장을 많이 봐왔지만, 그는 제10구단을 유치할 때 나와 했던 약속을 그대로 지켰다. 즉 야구장 증개축은 물론이고 야구장 운영권·광고권·네이밍권리를 KT위즈에 준 것이다.

2020년 KT가 페넌트 레이스 2위로 창단 7년 만에 포스트시즌에 진출했다. 염태영 시장이 고척스카이돔에서 시타를 했다. 그는 정말 '시타를 해도 되는' 대표적인 인물이고, 멋진 장면이었다. KT가 플레이오프에서 두산에 1승 3패로 아깝게 패하자 염 시장은 "허 위원님, 우리 KT가 정말 잘 싸웠고, 자랑스럽습니다. 그런데 한편으로는 아깝게 져서 너무 아쉽습니다"라고 했다. 40년이나 야구해설을 해 온 내가 만난 지자체장 중 연고지 팀을 응원하면서 아쉬움에 전화를 한 시장은 그가 유일하다. 서울·부산 등의 시장들이 야구장을 찾아 시구만 하고는 연고지 팀에는 기본적인 것도 해주지 않는 것과 대조되는 사례가 아닐까?

한국 스포츠사의
오점으로 남지 않으려면

"대전에 신축구장이 안되면 천안·청주로 연고지를 옮겨야 되는 것 아닌가?"

2018년 5월 13일 오센OSEN과의 인터뷰가 보도된 후 대전 지역은 발칵 뒤집어졌다고 한다. 대전 시장 선거를 불과 한 달여 앞둔 시점이었다. 나는 KBO, 한화에 대전 신축구장 움직임이 있는지를 확인해봤지만 후보자들이 무관심하다고 했다.

'이렇게 또 4~5년이 흘러가겠구나' 생각하니 마음이 급해졌다. 오센 이상학 기자와의 인터뷰를 통해 연고지 이전 등을 점검했고, 그 보도 후 대전에서는 신축구장이 핫이슈로 떠올랐다. 대전 지역 매체들의 전화 인터뷰가 잇따랐다. 결국 4명의 후보가 모두 선거 공약으로 야구장 신설을 넣었다고 들었다. 그리고 허태정 시장이 당선되었고, 공약대로

야구장 신축이 실행되고 있다. 2025시즌에 개장될 예정이다.

허태정 시장이 당선된 후 대전구장 중계방송 때 공약에 대못을 박고자 했다. 한화 홈경기 때 점수 차가 벌어져 경기가 다소 느슨해졌을 때 나는 PD에게 먼저 양해를 구했다. 그리고 코팅해서 가지고 다녔던 허 시장의 공약을 TV중계 카메라 앞에 들이댔다. "신임 시장이 공약대로 약속을 지키는지 두고 보자"고 했다.

그동안 내게 가장 큰 불신감을 남겨준 도시는 서울과 부산시다. 고인이 된 박원순 시장은 2014년 잠실구장 중계 때 가진 인터뷰에서 "9회말 2사 후 역전 만루 홈런을 치겠다"고 했다. 그러나 서울의 새로운 야구장 건설은 아직도 오리무중이다. 몇 년 전 서울시에서 "시장님께서 보고 싶어 한다"는 연락이 와 박 시장을 만난 적이 있다. 서울시의 관련 부서 간부와 속기사가 있는 시장실에서의 면담이었다. 나와 박 시장은 함께 알고 있는 주변인들의 인연으로 편하게 말할 수 있는 사이였다.

"박 시장님! 서울시는 한국 스포츠사에 큰 오점을 남기고 있습니다. 신축 야구장도 문제지만 잠실야구장 광고권·운영권 등의 부수입을 왜 서울시가 거의 다 가져갑니까? 서울연고 세 팀LG·두산·히어로즈의 큰 수입원을 막고 있습니다. 문제는 서울시가 그러니 타 지자체도 서울시의 예를 들고 있습니다. 먼 훗날 한국 프로스포츠 야구·축구·농구·배구가 재정난으로 예전처럼 실업팀 시대로 되돌아가면 서울시는 책임을 벗어날 수 없을 것입니다" 나는 자리에 앉자마자 박 시장을 강하게 몰아붙였다.

국내 최초 돔형 경기장인 '고척스카이돔'. 야구뿐만 아니라 공연도 가능하다. 스포츠서울 제공

박 시장은 난감해 했다. 그러면서 "야구장은 MICE계획에 포함되어 있다"고 했다. 서울시는 그래도 야구에 대해 반응이라도 있는 편이다.

그러나 '구도球都'로 불리는 부산은 야구장 문제를 거론만 하고 있을 뿐이다. 야구장에 대해 아무런 관심이 없는 대표적인 지자체이다. 역대 몇몇 시장을 만나 봤지만 롯데그룹에 대한 서운함(롯데가 법인세를 부산에 납부하지 않는다는 등)을 이야기하면서 "시민들이 이해를 하겠느냐"는 투였다. 그러나 이제는 부산시가 롯데그룹 핑계만 댈 것이 아니라 우선적으로 야구장 문제를 해결해야 한다.

부산 사직야구장은 원래 다용도 인조잔디 구장으로 1985년 개장됐다. 축구도 할 수 있는 인조잔디 구장이어서 내가 롯데 코치 시절에는 아침 일찍 필드하키 팀들이 연습장으로 사용하는 것을 볼 수 있었다. 사직구장은 이동식 설계로 야구장 그라운드 아래 공간이 있다. 기계식으로 관중석 이동이 가능한 시설이었기 때문이다. 요즘은 그 공간에 죽은 쥐와 고양이 등이 발견되는 등 악취가 난다. 또 그런 운동장 탓에 그라운드의 바운드도 고르지 못하다. 선수 라커룸에 비가 새기도 하고, 중계석에 매번 손가락 굵기의 바퀴벌레가 출현해 깜짝 놀라게 하는 곳이 바로 사직야구장이다.

2021년 4월 부산시장 보궐선거에서 박형준 후보가 당선되었다. 과연 박형준 시장은 연 100만 관중의 '빅 마켓'인 롯데야구의 심장수술을 할 것인지 지켜볼 일이다.

동호인 야구장은
'국민 행복 추구권'

2016년 거제시장실을 방문했던 나는 당시 권민호 시장에게 좀 거세게 항의를 했다.

"거제에 있는 야구장에서 동호인들이 연습을 한다고 해서 가봤습니다. 매립지 위에 지어 놓은 야구장에 회원들이 5,000만 원을 들여 컨테이너를 더그아웃으로 갖다 놓고 쓰고 있었습니다. 외야 펜스와 그물망이 찢어진 그런 추레한 곳에서 야구를 해서야 되겠습니까? 종목에 따른 차별 대우는 헌법에 보장된 행복 추구권에 반하는 것 아닙니까?"

그런 상황을 몰랐던 권 시장은 그 후 야구장 시설에 관심을 더 갖게 됐다. 스포츠에 대한 애정은 있으되, 열악한 환경은 몰랐던 것이다. 현재는 2개의 야구장이 있어 코로나19로 해외 전지훈련이 막힌 국내 프로구단이 캠프장으로 사용한다.

그동안 거제시, 김포시, 고양시, 익산시, 포항시, 울산광역시, 양산시, 안동시, 문경시, 통영시, 여수시, 강진군, 평창군, 횡성군, 의령군, 함평군, 보은군 등 많은 지자체를 방문해 야구장 건립을 이끌어 내거나 도움을 줬다. 그 중에서도 가장 큰 프로젝트는 4대강 개발 사업.

2010년 2월 충격적인 소식이 날아들었다. 4대강 개발 지역의 체육시설로 축구장만 들어서고 야구장은 아예 계획에 없다는 소식이었다. 나는 곧바로 상황을 파악한 후 4대강 건설 본부가 있는 과천으로 향했다. 여느 때처럼 KBO의 장덕선 씨와 함께였다. 나는 심명필 4대강살리기추진본부장을 만나 열악한 야구장 환경에 대해 설명했다.

"축구 동호인들은 조기축구회를 중심으로 집 근처 학교 축구장에 모여 운동을 즐깁니다. 야구는 다르지요. 주로 다른 지역 사람들과 교류를 하는데 전국 각지에 흩어져 있는 동호인들이 모여 즐깁니다. 영하 10도의 강추위에도 한강변에서 아이스하키 장갑을 끼고 야구를 하는 현실을 모르실 겁니다. 동호인 팀이 전국에 15,000여 개가 넘는 것으로 추산되는데 국내 야구장은 잠실구장부터 초등학교 야구장까지 150여 개 밖에 안 됩니다. 현재 동호인들의 야구장 사용은 골프장 부킹만큼 어렵습니다."

심 본부장은 임신근, 조창수 선수와 경북고 동기라면서 검토 후 기존 계획을 바꿔줬다. 그 결과로 4대강 체육시설로 45개의 야구장이 생겼다. 경북 안동·문경, 경남 양산 등에 고교 팀이 탄생한 것은 그 지역에 야구장이 신설됐기 때문에 가능했다. 그 야구장들은 엘리트 선수뿐만 아니라 지역 동호인 야구팀이 다 같이 활용하고 있다.

나는 아직도 심명필 본부장께 감사한 생각을 갖고 있다. 국책사업이 아니고서는 꿈도 꿀 수 없는 시설을 마련해준 분이다.

동호인 야구장이 프로 야구장으로 바뀐 곳도 있다. 익산 야구장이다. 당초 동호인 야구장을 건립하면서 한 면을 쓰레기 매립지에 만들기로 했다. 익산 시청에 근무하는 김춘성 씨가 전화를 해왔다.

"저는 인천체전 야구선수 출신입니다. 위원장님께서 좀 도와주십시오. 지금 쓰레기 매립장에 야구장 1면을 지으려 하는데, 그러면 동호인 야구밖에 못하니 시장님을 만나 2면을 짓도록 설득해주십시오"라고 도움을 청한 것이다. 상황이 급박했다.

2009년 12월 바쁜 일정을 보내고 있었기 때문에 그 날을 또렷이 기억한다. 12월 24일 크리스마스이브 오후 늦게 이한수 익산시장과 면담 시간을 정하고 내려갔다. 내 이야기를 들은 이 시장은 2면 야구장 건립을 약속했고, 예산도 대폭 늘려 지금의 익산 야구장이 됐다. KT 2군의 익산 홈구장은 그렇게 만들어졌다.

KT의 2군이 익산이라면, 키움 히어로즈의 2군 구장은 고양시 구장이다. 앞에서 언급했지만 고양시와 협의해 프로가 사용할 수 있는 국가대표 훈련장을 건립했다. 2012~2014년 독립팀 고양원더스가 사용한 후 2015~2018년 NC 2군을 거쳐 2019년부터 키움 2군이 홈으로 사용하고 있다.

실제로 현장을 다녀보면 야구장 하나 짓는 것이 쉬운 일이 아니다. KBO 야구발전위원장 시절 전국의 아마 야구장 건립을 위해 열심히 뛰어다녔다. 2년 반 동안 14만 킬로미터 넘게 주행하여 차를 바꿀 정도였다. 동호인 야구장 건립 활동 시 기억에 남는 장면이 하나 있다.

"위원님! 아시다시피 통영시는 김호(1994 미국월드컵 국가대표팀 감독) 씨를 배출한 축구의 도시입니다. 야구장 건립은 고려는 해보겠지만 예산 문제를 고려해야 합니다." 많은 지자체장을 만나 봤지만 처음으로 접한 부정적 반응이었다.

나는 서울로 올라온 다음 날 유영구 KBO 총재와 통영시 이야기를 했다. 유영구 총재는 "진의장 시장은 제가 잘 아는 분이에요. 같이 가봅시다"라고 했다.

며칠 뒤 유 총재와 나는 새벽에 각자 집에서 출발해 통영시청에서 만났다. 유 총재와 만난 진의장 통영시장은 야구장 건립을 약속했다. 역대 총재 중 지방의 야구장 건립을 위해 새벽부터 발품을 판 이는 유영구 총재 밖에 없다. 그런 열정을 우리 야구계는 오래 기억해야 할 것이다. 가만히 있는데 야구장을 지어주는 지자체는 없다.

'킬링필드 위로 홈런을 날려라'

"프놈펜왕립대학교 야구팀은 덕분에 잘 운영되고 있습니다. 문제는 야구장인데, 학교 운동장 환경이 열악합니다. 가까운 곳에 한국 기업체인 부영이 보유한 공지가 있는데, 아이들이 자전거를 타고 가서 연습하기도 좋습니다. 사용을 타진해 봤지만 빌려주기 어렵다고 하네요…."

캄보디아 프놈펜왕립대학교 김길현 교수는 이화여대 교수로 재직하다가 선교활동을 위해 캄보디아에 부임한 후, 캄보디아 최초로 야구팀을 만든 주인공이다. 나는 2006년 당시, 『동아일보』의 '킬링필드 위로 홈런을 날려라'란 기사를 보고 생면부지의 그와 연락이 닿았다. 그때 인연을 계기로 개인적으로 캄보디아에 야구 도구와 기술을 지원했다.

나는 귀국해서 부영에 연락을 취했으나 나대지의 야구장 사용은 어려웠다. 한국인으로서 캄보디아에 야구를 처음으로 보급하고 있는 김 교수에게 유일한 걸림돌은 야구장. 사정을 듣고 딱한 마음이 들었던 나는 1억 원을 송금했다.

'1억 원이면 야구장을 만들 수 있겠다'던 김 교수는 뜻밖의 선물에 "최선을 다해 좋은 야구장을 짓도록 하겠습니다. 정말 고맙습니다"라고 말했다. "김 교수님, 난 불교신자지만 당신의 사랑과 헌신에 감동했습니다"라고 대답했다. 야구가 국경과 종교를 뛰어 넘은 것이다.

김 교수의 노력으로 국제 규격의 야구장이 프놈펜 아래 캄퐁스포 지역에 있는 스랑마을에 개장됐다. 캄보디아 야구장 건립 지원 소식이 아시아 야구 국가들에 전해진 후 파키스탄, 스리랑카, 말레이시아, 홍콩, 베트남 등에서 '야구장을 하나 지어 달라'는 요청이 쇄도했다. "난 사우디 왕자가 아니다. 캄보디아는 특수한 관계라 지원했다"는 설명으로 이해를 구할 수밖에 없었다.

국내 야구장 인프라 구축에 많은 시간을 투자했던 나는 다음 타깃으로 베트남을 정했다. 아시아야구연맹 기술위원장이던 나는 회장국으로서 역할이 있어야 한다고 생각한 것이다. 베트남에 관심을 가진 것은 힘겹게 베트남 국가대표팀을 이끌고 있던 정상평 감독 때문이다. 그의 요청으로 야구 불모지 베트남에 야구용품과 유니폼 등을 지원했는데 열악한 환경이었다.

"위원장님, 우리도 야구장 하나 지어주세요" 호치민 야구협회장과 정상평 감독은 베트남을 방문할 때마다 부탁해왔다. 야구장을 지어

2010년 캄보디아에 건립한 '허구연 야구장'에서.

줄 돈이 없는 나로서는 난감했다. 베트남 야구장 건립은 뜻밖의 저녁식사 자리에서 운 좋게 해결됐다.

김정태 하나은행장현 하나금융회장과의 만남이 베트남 야구장으로 이어졌다. "베트남이 야구를 시작했습니다. 야구장을 하나 지어줘야 하는데 약속하신 분이 실행에 옮기기가 쉽지 않을 것 같아 고민입니다"라고 하자, 김정태 은행장은 "어려우신 모양인데 한 번 생각해 보겠습니다. 얼마 정도 듭니까?"라고 물었다. "캄보디아 야구장에 1

억 원을 보냈으니, 2억 원이면 될 것 같습니다. 물론 땅은 베트남에서 제공받아야지요."

하나금융의 지원으로 우여곡절 끝에 2016년 11월 25일 하노이에 국제 규격의 야구장이 최초로 건립됐다. 야구장 이름은 'KEB하나뱅크 드림필드'다. 포스코건설의 도움도 있었다. 베트남을 방문할 때마다 포스코건설 관계자에게 감사 인사를 드리는 이유다.

동남아 국가들에 야구장을 지었지만, 나의 꿈은 이에 그치지 않는다. 태국, 베트남, 캄보디아, 라오스, 미얀마가 참가하는 국제 야구 대회를 개최하는 것이 꿈이다. 동남아로 눈을 돌리기 전, 강진 베이스볼 파크와 익산에 각각 '허구연 필드'를 마련했는데, 은퇴 후 이곳에서 어린 야구 꿈나무들과 함께 신나게 뛰어다니고 싶은 것도 빼놓을 수 없는 꿈이다.

272개 홈런보다 값진 강민호 야구장

2014년 2월 애리조나 롯데 캠프장에서의 일이다.

"민호야, 대박 터트린 것 축하한다. 큰 선수가 되었으니 좋은 일을 좀 해야 하지 않을까? 기부활동 같은 거 계획하고 있나?"

'4년 75억 원'의 FA 계약을 맺고 상기된 강민호에게 묻자, 이런 대답이 돌아왔다. "지금 몇 가지 방안을 생각 중입니다."

"이왕 기부하려면 네 이름으로 된 야구장을 하나 지으면 좋을 것 같다. 아직 프로 출신 중 그런 걸 시도해 본 선수가 없으니…."

이에 강민호는 "얼마 정도 듭니까?"라고 물었고, 나는 "1~2억 원 정도면 되지 않을까? 물론 야구장 부지는 지자체에서 제공하는 것으로 하고"라고 답해줬다. 그는 흔쾌하게 "네, 아버지와 한 번 상의해 보겠습니다"라고 말했다.

다음 날 바로 "2억 원을 기부하기로 결정했습니다"라고 했다. 강민호로부터 확약을 받은 나는 귀국해서 나동연 양산시장을 만났다. 적극적으로 시정을 이끌고 야구를 좋아하는 나 시장은 "2014년 예산은 이미 편성이 끝나 추경 예산으로 해야 하는데, 부지는 좋은 곳이 한 군데 있습니다. 배수가 잘 되는 강변입니다"라고 말했다. 이후 나 시장은 적극적으로 의회를 설득해 3억 원의 예산을 확보했다. 총 공사비 5억 원이 소요된 '강민호 야구장'은 그렇게 선수와 지자체 공동 작품으로 탄생됐다.

양산시 물금읍 황산공원 내 정규 규격 야구장으로, 간이 스탠드 200석 규모까지 갖춘 강민호 야구장이 2016년 1월 6일 개장했다. 2015년 1월 7일 양산시와 강민호가 협약식을 맺은 후 1년 만에 제대로 된 야구장이 모습을 드러낸 것이다. 강민호는 "야구를 사랑하는 모든 분들이 즐겁게 이용할 수 있는 장소가 되길 바란다. '강민호 야구장'이란 이름에 부끄럽지 않도록 열심히 야구하고 생활하겠다"는 소감을 밝혔다.

그 후 2015년 9월 21일 물금고등학교 야구팀 창단, 2021년 동원과학기술대학교 야구부 창단이 이어지면서 야구 불모지였던 양산도 야구도시가 됐다. 2011년 원동중학교를 필두로 중·고·대학 팀이 모두 갖춰지게 됐다.

개장식을 지켜보는 내내 나는 기분이 정말 좋았다. 평소 '고액 연봉의 유명 프로야구 선수가 지자체와 함께 본인 이름으로 건립한 야구장이 전국적으로 확산되면 좋겠다'는 꿈이 이뤄졌기 때문이다. '강

강민호 야구장. 외야 인조잔디를 깔기 직전 모습. 양산시청 제공

민호 야구장'이 만들어지기 전, 몇몇 선수에게 이러한 제안을 했지만 실행으로 이어지지 않았다.

실제로 개인이 야구장을 하나 지으려 하면 숱한 난관이 따르는 게 현실이다. 대지 확보, 도로, 수도, 전기 시설을 갖추는 것도 어렵지만, '알박기'가 장애가 되는 것도 많이 봐왔다. 따라서 야구장은 지자체와 함께 건립하는 것이 좋은 방법 중 하나다.

'강민호 야구장'은 그가 국가대표 포수로 통 큰 기부를 한 결과, 개인 이름을 새기고 건립된 첫 번째 야구장이란 점에서 높이 평가하고 싶다. 앞으로 제2, 제3의 선수들이 자신의 이름을 새긴 야구장을 계속 탄생시키기를 기대해 본다. 은퇴 후 본인 이름의 야구장에서 어린이들과 함께 야구를 하며 노는 모습을 떠올리면 생각만 해도 흐뭇하지 않겠는가.

강민호는 국가대표로 7차례 마스크를 쓴 대표적인 포수로 국제대회 우승만 4회를 기록했다. 프로야구에서는 2020년까지 통산 272홈런을 기록 중이다. 이에 덧붙여 선수 이름이 명명된 야구장 1호의 주인공이라는 자랑스러운 기록을 보유한 선수. 나는 2020년까지 그가 기록한 272개의 홈런보다 더 값진 홈런이 '강민호 야구장'이라고 생각한다.

2010년·2014년 아시안게임, 2008년 베이징 올림픽, 2015년 프리미어12

CHAPTER 09

시대도, 야구도 변한다

BASEBALL STORY #09

프로야구는 요즘도 발전하고 있다. 야구 문화도 바뀌어 사회의 발전상이 그대로 반영된다. 과거 높은 분들의 전유물이던 시구는 지역 사회의 일꾼들이 나서고, 그저 구경꾼이던 팬들은 적극적인 '서포터즈'로 바뀌고 있다. 프로야구의 수장인 '총재'는 정재계에서 추대하던 구태를 벗고, 민간이 프로야구를 이끌어간다.

한국 프로야구의 이런 변화를 아는 것이 필요하다. 야구팬이라면 누구나 관심을 갖고 만들어 가는 야구 문화. 그것이 바로 우리가 추구해야 할 방향이다.

시구가 달라졌다

"허구연 위원님, 감사합니다. 어제 잠실구장 행사에 많은 도움을 주셔서…(생략), 대통령 이명박"

휴대폰에 온 문자를 읽고 깜짝 놀라 그 번호로 전화를 걸었다. 누가 대통령을 사칭해 이런 장난을 치는가 싶어서였다.

"거기가 어디죠?"

"비서실입니다"라는 답을 듣고 그제야 진짜임을 알았다.

"죄송합니다. 저는 누가 대통령 이름으로 장난치는 줄 알았습니다."

2011년 9월 3일 잠실구장. LG와 롯데의 경기에 이명박 대통령과 가족들이 야구장을 찾았다. 그날 대통령의 야구장 나들이는 종전의 권위적인 시구를 벗어나 아주 자연스럽게 이루어졌다. 화기애애한 가족 나들이 분위기 속 클리닝 타임 때 이루어진 이명박 대통령과 김윤옥 여사의 '키스 타임'. LG와 롯데의 응원 막대 풍선을 나누어 들고 활짝 웃는 대통령 가족의 모습이 TV중계화면에 잡히면서 네티즌 사이에서도 큰 화젯거리가 됐다.

당초 이명박 대통령은 취임 직후인 2008년 공식 개막전인 LG와 SK의 인천 문학구장에서 시구를 할 예정이었다. 그러나 언론에 '이명박 대통령 개막전 시구'라는 기사가 나가고 말았다. 결국 대통령 시구는 취소되고, 유인촌 문화관광부 장관이 대신 시구했다. 그러다 3년이 지난 2011년 가을에 직접 관전을 하게 된 것이다.

대통령 문자까지 온 사연은 이랬다. 청와대 홍보실의 신윤진 씨는 프로야구를 좋아하는 분인데, 전화로 자문을 구해왔다. '대통령의 야구장 시구'에 관한 질의였다. 자문에 응한 나는 "팬들은 야구장에서 대통령이나 정치인들의 시구를 별로 좋아하지 않습니다"라고 말했다 이에 신윤진 씨는 "그럼 어떻게 하는 게 좋을까요?"라고 다시 물었다. 그래서 나는 "그냥 가족과 함께 오셔서 VIP석이 아닌 관중석에서 관전하시는 것이 좋을 것 같습니다. 그리고 관중이 대통령이 오신 줄 모르게 경호를 해주면 좋습니다. 관중에게 피해를 주면 안 되니까요." 마침 그날 중계는 MBC스포츠플러스가 했고, 해설은 내가 했다.

전날 사전 답사를 한 경호팀은 당일 눈에 띄지 않게 조용히 경호를 준비하는 모습을 볼 수 있었다. 게임 시작 후 클리닝 타임 때 갑자기 전광판에 대통령과 가족의 모습이 비춰졌고, 팬들은 깜짝 놀라 '와~' 하는 탄성을 터뜨렸다. LG 응원단장이 '이명박'을 외치면서 리드하자 포수 뒤쪽 테이블 석에 있던 대통령이 일어나 손을 흔들고 답례했다. 주변에 있던 팬이 스마트폰으로 대통령과 사진을 찍는 모습이 그대로 방송됐다. 종전에는 야구장을 찾은 대통령이 시구 후 근엄한 표정으로 VIP석에 앉아 있던 모습이었는데 이와는 전혀 다른 야구장 나들이였다.

역대 대통령 대다수가 개막전 또는 한국시리즈에서 시구를 한 바 있다. 대통령의 시구나 시축은 큰 국제대회나 주요경기에선 비중이 큰 행사다. 1982년 프로야구 출범 개막전 때에는 전두환 대통령이 시구했다. 그리고 김영삼 대통령은 역대 최다인 3차례나 시구를 했다. 1994년 한국시리즈, 1995년 개막전과 한국시리즈에서였다.

노무현 대통령은 2003년 대전구장 올스타전, 박근혜 대통령은 2013년 한국시리즈, 문재인 대통령은 2017년 한국시리즈에서 시구를 했다. 프로야구가 탄생한 이후 노태우, 김대중 대통령 두 분은 시구를 하지 않았다.

대통령과 정치인의 시구는 앞으로도 계속될 것이다. 그러나 요즘 야구팬은 정치인보다 연예인, 뜻있는 일을 한 보통 사람이 시구하는 것을 좋아한다. 연예인 중 최고의 남성 시구자는 장동건이었다. 2009 한국시리즈, 2017년 메이저리그 LA다저스와 뉴욕 메츠뉴욕 시티 필드전에서 시구를 했다. 2009년 잠실구장에서 시구할 때 드러난 투구 동작과 스피드를 보고 나는 깜짝 놀랐다.

여성 연예인은 에이핑크 윤보미 씨다. LG팬인 그는 5차례 잠실구장

2020년 6월 5일 NC와 한화전을 앞두고 한국전쟁 참전용사 후손인
주한미군 애드윈 중사가 시구하고 있다.

시구로 야구팬의 사랑을 받고 있다. 실제 그녀는 완벽한 투구 동작과 뛰어난 구속으로 여성 연예인 중 최고의 시구자로 자리매김하고 있다.

이외에도 해외파병 군인의 깜짝 귀국 시구[KT], 소방관들의 시구, 병마와 싸우고 있는 어린 팬의 시구[SK, 박종훈] 등 감동을 주는 시구가 팬의 기억에 남아 있을 것이다. 시구자도 시대에 흐름에 맞춰 권위적이지 않고 팬들에게 가깝게 다가갈 수 있는 인물로 많이 바뀐 것이다.

KBO, 정치인 총재는 이제 그만

"KBO 총재 자리란 일하기로 작정하면 한이 없고, 의지가 없으면 일을 안 해도 되는 자리입니다. 그래도 리그는 돌아가고 우승팀은 나오며 팬들은 경기에 관심이 있지 행정엔 큰 관심이 없으니까요. 구단은 어쩔 수 없이 구단 이기주의에 치중할 수밖에 없는 현실입니다. 총재가 야구발전을 위해 옳다고 판단하면 과감하게 실행해야 하며, 그렇지 않으면 할 수 있는 일이 별로 없습니다."

신임 총재가 조언을 구할 때마다 내가 해 온 제언이다.

KBO리그 40년 동안 14명총재대행 제외의 총재가 있었다. 평균 재임기간은 2년 10개월, 총재의 위상과 흐름도 많은 변화가 있었다.

서종철 KBO 초대 총재1981.12.11.~1988.3.27.는 2대까지 7년여 동안 한

국 프로야구를 이끌었다. 육군 참모총장과 국방부 장관을 지낸 분으로 군사정권 시절 탄생한 프로야구 초기에 큰 몫을 했다. 전두환 대통령이 상관으로 모셨던 분이기에 그의 영향력은 매우 컸다. 미국으로 건너가 보위 쿤 커미셔너와도 만나 MLB와의 교류에 시동을 걸기도 했다.

3~4대는 이웅희 총재1988.4.1.~1992.5.26.로, MBC 사장과 문화공보부 장관, 15대 국회의원을 지냈다. 야구 명문 중앙고 출신답게 야구를 사랑하고 야구계의 많은 것을 파악하고 있었다. 한일 슈퍼게임으로 붐을 조성했고, 선진 야구와의 접목이라는 성과도 냈다.

5대 이상훈, 6대 오명, 7대 권영해, 8대 김기춘, 9~10대 홍재형,

초대 서종철 총재가 베로비치 다저 타운 홈맨스타디움에서 보위 쿤,
피터 오말리 등 다저스 관계자들과 경기를 관람하고 있다.

11대 정대철 총재는 짧게 임기를 보냈다. 2년 이상 총재직을 맡지 않았다. 총재에 따라 차이는 있겠지만, 그때 7년간 6명의 총재가 거쳐 가면서 프로야구가 성장하고, 산업화로 가는 길을 가로막고 말았다. 전문성과 열정 부족으로 정치인 총재들의 단점을 여실히 드러낸 기간이었다. 특히 6대 오명 총재는 취임 후 한 달도 안 돼 교통부 장관으로 가버렸다.

이러한 폐단을 깨트린 것은 김대중 정부부터다. 전『중앙일보』성백유 기자현재 스포츠서울 전문기자가 '낙하산 총재는 안 된다'는 칼럼을 무려 세 차례나 써서 이뤄졌다. 당시 신낙균 문체부 장관은 낙하산 정치인 총재의 폐단을 지적한 성 기자의 글에 화답, KBO 총재 선임을 민간구단에 맡겼다.

그래서 KBO 회원사이자 대그룹 오너 출신 1호 총재였던 박용오당시 두산그룹 회장 총재의 시대가 열렸다11대 대행, 12~14대. 박용오 총재는 역대 최장 기간을 기록했다1998.9.23.~2005.11.25. 2,620일.

그 후 15~16대에 다시 정치인 총재가 취임한다. 국회부의장, 7선 국회의원 출신의 신상우 총재2006.1.10.~2008.12.16는 3년여 재임기간 동안 명암이 교차된 총재였다. 노무현 대통령의 부산상고 선배였던 신 총재는 2006 WBC 4강 때 약속했던 병역 면제혜택을 이끌어냈다. 그러나 임기가 끝난 후 구단들이 KBO의 예산권에 제동을 걸고 나왔고, 그 영향은 아직도 이어지고 있다.

17~18대 유영구 총재2009.2.24.~2011.5.2.는 명지학원 이사장을 지낸 야구광이었다. 유 총재 재임시절 나는 KBO 야구발전실행위원장을

지냈다. 그는 2년 3개월의 짧은 재임기간에 비하면 가장 많은 업적을 남긴 총재다. 제9·10구단 창단 작업, 신축 야구장 건립, 심판학교 개설, 서울대와 함께 베이스볼아카데미 운영 등 단기간이었지만 많은 업적을 남겼다. 명지학원 사건으로 총재직을 그만두었지만 계속해서 총재직을 수행했더라면 더 많은 업적을 낳을 수 있었을 것이다.

"여성 팬이 많이 와야 합니다. 그러려면 야구장에 여성 화장실부터 대폭 늘려야 합니다", "군인들도 야구를 하도록 해야지요"라고 건의하면 유 총재가 직접 뛰면서 이러한 문제들을 해결했다. 제9구단 NC 창단 때는 롯데의 격한 반대를 무릅쓰고 관철시키기도 했다. "욕은 내가 다 먹겠다"며 버팀목 역할을 한 총재였다.

19~21대 구본능 총재2011.8.22.~2017.12.31.는 LG가의 로열패밀리로 학생 시절 정식으로 선수 등록을 한 경력이 있는 첫 선수 출신 총재다. 구단들의 심한 반대를 무릅쓰고 제10구단 KT 창단을 매듭지었다. 그 과정에서 마음고생을 엄청나게 했다.

구본능 총재는 제10구단 창단, 고양 원더스 출범, 야구장 안전시설 보완, 아마야구계 지원 등 많은 업적을 남겼다. 특히 재정적 어려움을 겪고 있던 아마야구의 오랜 숙제를 풀어주기도 했다. KBO가 매년 12~13억 원을 아마야구협회에 지원하는 것을 제도화시켰다. 중·고교 야구팀 창단 지원책으로 아마야구 팀 확장에 큰 역할을 했다.

22대 정운찬 총재2018.1.1.~2020.12.31.는 서울대 총장, 국무총리 시절 야구장을 자주 찾아 팬에게는 야구광으로 잘 알려진 총재였다. 프로야구 산업화 등을 공약했으나 구단들의 첨예한 이해관계로 진전을 보지 못한 채 임기를 마쳤다. 2020년 코로나19로 리그 운영이 어려

프로야구 최초로 800만 관중시대(2016년 833만)를 연 구본능 총재.
열렬한 야구팬인 이동욱 씨와 함께.

운 상황에서도 전 경기를 소화한 성과를 냈다. 그러나 키움 히어로즈 문제를 해결하지 못해 아쉬움을 남겼다. 2021년부터 23대 정지택 총재2021.1.1.가 취임했다.

해설자로서 때로는 멀리서, 때로는 가까이서 지켜봐왔던 총재에 대한 생각은 많이 바뀌었다. 정운찬, 정지택 총재 선임 과정을 보면 구단들이 정치인 총재나 정치계를 이용한 낙하산 총재를 매우 꺼려한다는 것을 알 수 있다. 구단들이 총재임기가 끝나기 훨씬 전에 후임 총재를 선임해버리는 이유도 거기에 있다. 이제 정치인들이나 권력을 이용한 KBO 총재가 되는 것은 시대의 흐름에 맞지 않다.

불가사의한 한국 야구,
중심에 서포터즈가 있다

"미스터 허. 아니 어떻게 원정팀 팬이 야구장에 불을 지를 수가 있나요? 그리고 감독·코치가 선수를 때리기도 한다니. 한국 가서 코치 한번 해보고 싶어요. 추운 겨울에 얼음물 속에서 정신력 강화훈련도 한다고 하는데 그게 정말입니까?"

미국 연수 시절 코치들이 물어왔다. 무슨 소리냐고 되물었더니 그 코치가 미국 신문을 보여줬다. '불가사의한 한국 프로야구'라는 제목의 기사였다. 나는 사실관계를 설명해주느라 진땀을 뺐다.

1990년 8월 26일 잠실구장. 해태와 LG의 경기 도중 관중 5백여 명이 난동을 부린 사건이 있었다. 15명의 부상자가 발생했고, 전투경찰 4백 명이 동원되는 큰 사건이었다.

사건의 발단은 이랬다. 7회말 LG 공격전까지 점수는 3:0으로 LG

의 리드였다. 그런데 LG가 7회에 대거 7점을 추가해 10:0으로 큰 점수 차가 나자 해태 팬이 격분해 일어난 일종의 폭동이었다. 1시간 5분간 경기가 중단됐다. 흥분한 다수의 팬이 그라운드로 뛰어들었다. 펜스에 붙어 있던 현수막에 불을 붙이는 등 난동을 부렸다. 급기야 이 소식을 알게 된 노태우 대통령은 "주동자를 색출하여 엄벌하라"는 지시까지 내렸다.

미국 야구인 눈에는 양키 스타디움에서 보스턴 팬들이 대규모 난동사건을 일으킨 것처럼 보였을 것이다. 나는 서울 잠실구장 경기는 상대팀 응원단도 많이 오며, 인기 구단 해태는 50% 정도 차지한다고 설명해 주었다. 그렇지만 미국 코치들은 그게 좀처럼 이해되지 않는 표정이었다.

프로야구 응원문화는 1980~90년대와 최근과는 큰 차이가 난다. 1990년대까지는 관중들도 승부에 민감했다. 그러나 아버지의 손에 이끌려 프로야구를 접한 세대들이 성장해 야구장을 찾는 2000년대에 들어서는 승패보다 분위기를 즐기는 응원 문화로 변했다. 초기에는 아저씨 팬이 몰래 갖고 들어온 소주를 마시고, 떠들고 그랬다. 심지어 상대방 팬에게 라면 국물을 퍼붓던 분위기도 있었다.

하지만 이제 그런 분위기는 완전히 사라졌다. 가족동반 팬과 여성팬이 증가하면서 분위기가 부드러워졌다. KBO리그의 응원문화는 세계적 자랑거리가 될 정도로 발전했다. 현재와 같은 분위기가 정착하기까지 여정은 순탄치 않았다.

야구장 응원과 관련된 유명한 인물들도 있다. 초기에는 북·징·꽹과

프로야구 응원문화가 달라졌다. 승패보다 함께 즐기며 관전하는 데 의미가 있다.
스포츠서울 제공

리 등을 이용한 응원이 대세였다. "나이스 빳다 나이스 빳다 OOO", "OOO 홈런" 등의 구호에 응원단장의 3·3·7 박수 등으로 고교·대학 응원전을 조금 발전시킨 모습이었다. 해태는 임갑교 응원단장과 해태 아줌마가 기억에 남는다. 롯데는 연예인 유퉁, 삼성은 김제동 씨가 장내 아나운서였다. 그들은 프로야구와의 인연을 통해 유명 연예인이 됐다.

언제부터인지 치어리더가 등장하고 나서부터 응원문화는 또 바뀌었다. 아마도 90년대부터가 아닌가 싶다. 각 팀의 여성 치어리더는 인기인으로 발돋움한다. 요즘 가장 인기 있는 롯데의 치어리더 박기량 씨가 대표적인 예다.

한국 프로야구 응원에서 독특한 것 중 하나가 관중들이 함께하는 '떼창'이다. LG의 '서울의 찬가', '승리의 아리아', 롯데의 '부산갈매기', '돌아와요 부산항에', KIA의 '남행열차', '목포의 눈물'과 SSG의 '연안부두' 응원가를 2만이 넘는 관중이 열창을 하여 외국 팬을 놀라게 한다. 한화는 독특한 '육성응원'으로 유명하다. 가장 유명한 것 중 하나는 구장마다 선수별 응원가가 나올 때 관중이 함께 노래를 불러주는 것이다. 외국인 선수들도 큰 감동을 받기 마련이다.

다양한 응원문화 대표주자는 롯데. 세계 유일의 '봉다리 응원'은 독특했다. 2006년 경기장 주변에 넘쳐 나는 쓰레기를 줄이기 위해 '스스로 버리자'는 슬로건을 만들었다. 경기 전 입장하는 모든 관중에게 비닐봉지를 나눠줬다. 그런데 일부 팬이 그 주황색 봉투를 머리에 모자처럼 쓰며 응원한 것이 화제가 됐다. 일명 '봉다리 응원'이 생긴 것이다. 하지만 2020년부터 폐지됐다. 부산시가 추진한 '친환경정책' 때문이었다.

'사직구장 노래방'은 내가 중계방송 중 순간적으로 한 멘트로 인해 이름이 붙여졌다. 당시 로이스터 감독에게 "난 어제 방송에서 사직구장이 세계에서 가장 큰 노래방이라고 했다. 3만 명이 여러 곡을 합창하는 데는 미국에도 없지 않는가?"라고 했다.

로이스터 감독은 "정말 맞는 말이다. 미국에도 이런 구장은 없다"고 동의했다. 메이저리그 보스턴과 샌프란시스코가 '합창곡'은 있지만 롯데처럼 다양하지도 않고, 호응도에서도 큰 차이가 난다. 내가 현장의 코칭스태프로 있었을 때 흥분한 팬이 컵라면 국물을 던지거나, 새총까지 쏘던 응원문화와는 거리가 멀어진 최근 모습이다. 파도타기 응원, 비닐 막대풍선 응원은 MLB에 수출된 대표적 예이다.

압축 성장,
압축 야구

오랜 시간이 흘러도 유난히 기억에 남는 프로야구계의 인물과 말이 있다. 일본 야구인 중에 아이크 이쿠하라(1937~1992, 당시 피터 오말리 구단주 보좌역, 2002년 일본야구전당 헌액) 씨는 나의 뇌리에서 지워지지 않는 인물이다.

그는 내가 1984년 베로비치 다저 타운을 처음 방문했을 때 인연을 맺었다. 처음 가는 베로비치라 마이애미에 도착한 후 택시로 갈 예정이었다. 그러나 비행기 연결이 늦어지면서 베로비치에 밤늦은 시간에 도착할 것 같아 중간쯤 위치한 웨스트 팜비치 호텔에서 1박을 하려 했다. 나는 호텔에 도착해서 먼저 샤워를 하고 다저 타운의 이쿠하라 씨에게 전화를 했다.

그런데 그는 "미스터 허, 어디 있나요? 기다리고 있었어요. 내가 지금 바로 웨스트 팜비치 호텔로 가서 픽업할게요"라고 하더니, 밤 10시가 넘는 시간에 나를 데리러왔다.

그는 일본 아세아대학 야구팀 감독을 하다가 야구 지도에 대한 의문이 커져 스스로 감독을 그만뒀다고 했다. 다저스 프런트에 용품, 도구 담당자로 입사한 후 1982년부터 구단주 보좌역을 맡고 있었다.

며칠 후 그는 나에게 이런 말을 했다. "미스터 허, 나는 한국 야구가 지금은 일본에 뒤져 있지만 곧 따라잡을 거라고 생각해요"라고. 나는 "한국은 이제 프로야구 출범 3년째이고, 일본을 따라잡으려면 제법 긴 시간이 걸릴 거라고 본다"라고 반문했다. 그러나 그는 "아니에요. 일본 야구는 오랜 기간 정체돼 있어요. 경직돼 있고, 너무 인물 중심의 야구라 문제예요. 예를 들어 신神으로 불리는 요미우리의 가와카미 데쓰하루 감독이나 난카이의 츠루오카 카즈토 등 명감독의 야구 이론에 이의를 제기할 수 없는 분위기에요. 내가 메이저리그에 와서 보니 낡은 이론이 많은데도 일본은 아직도 고수하고 있어요. 발전하기 힘든 구조죠"라는 설명을 해 줬다. 그리고 "당신은 처음 다저스에 연수를 왔지만 한국 야구가 열린 마음으로 선진 야구, 새로운 야구를 받아들인다면 조만간 일본을 따라 잡을 수 있을 것"이라고 말했다.

난 이를 내게 듣기 좋으라고 해주는 말로 여기면서 '과연 한국 야구가 빠른 시간 내에 일본 야구와 비슷한 수준이 될 수 있을까' 하고 예사롭게 들었다. 그러나 한국 야구는 첫 프로야구 국가대표팀 대결인 2000년 시드니올림픽에서 일본을 꺾고 동메달을 획득하면서 일본을 충격에 빠트렸다. 구대성의 호투와 이승엽의 활약 덕분이었다.

시드니올림픽의 성과가 일회성 승리로 끝나지 않음을 보여준 것이 WBC다. 2006년과 2009년, 우리는 우승을 못했지만 일본을 연파했다. 2008 베이징올림픽에서 일본을 물리치고 금메달을 획득하자 일본 야구계는 우리나라를 경계하는 동시에 한국 야구를 대하는 태도가 달라졌다. 일본보다 46년이나 늦게 프로야구가 출범했음에도 한국야구가 급속한 압축 성장을 이룬 것이다.

이러한 압축 성장의 배경에는 여러 요인이 있다. 초기에 구단들의 적극적이고 과감한 투자와 야구인들의 열정, 그리고 팬들의 열띤 호응이 밑거름이 됐다고 본다. 그 중 가장 큰 변환점은 1985년 삼성의 베로비치 캠프 참가다. 세계 야구를 리드하는 메이저리그의 기술, 전술, 웨이트 트레이닝, 스포츠 의학을 보고 배우고 느끼면서 한국야구 발전의 큰 전환점을 맞이했던 것이다.

그 후 또 다른 전환점은 1991년 개최된 한일 슈퍼게임이었다. 국가대표급 프로 올스타팀이 일본 원정에 갔지만, 일본과의 실력 차이를 절감했다.

2000년 이후부터 한국 프로야구는 실업야구 수준에서 완전히 탈피했고, 올림픽, WBC 등에서 일본에 밀리지 않는 성적을 도출했다. 일본과의 대표팀 경쟁이 비슷한 수준까지 갔지만 메이저리그가 보는 한국 야구는 일본보다 여전히 한두 수 아래였다. 그러나 올림픽 우승과 WBC 준우승 이후 세계 야구계의 한국야구에 대한 인식이 많이 달라졌다. 이제 메이저리그, 일본 야구에 이어 대한민국 프로야구는 세계 3대 야구 흥행국으로 자리를 잡았고, 국제무대에서도 인정을 받고 있

1984년 베로비치 다저 타운에서 신인왕 스티브 색스와.

다. KBO 리그 출신들의 메이저리그 진출이 그 점을 잘 보여준다.

2020년 이후 한국 프로야구는 어떻게 될까? 우려되는 점이 꽤 많다. 2000년 전후까지 보여주었던 야구인들의 열정과 향학열이 점점 줄어들고 있고, 구단들도 야구단 운영에 큰 매력을 못 느끼고 있다. 즉, 그룹들은 글로벌 경쟁에 여념이 없는 추세 속에서 이제는 야구단 운영 자체에 대해 큰 가치를 못 느끼고 있는 듯하다.

아쉬운 점이 또 있다. 프로야구가 국내 제일의 프로 스포츠로 자리매김하자, 한국 야구계 주변에 씨를 뿌리는 사람은 적고, 수확하려는 사람만 많다. 난 요즘도 가끔 아이크 이쿠하라 씨가 이야기했던 것을 떠올린다. 우리도 자기도취에 빠져 끊임없는 변화 속에 새로운 것을 받아들이고 발전하겠다는 의지가 약화되는 것은 아닌지 말이다.

한국 야구가 압축 성장할 때의 동력을 되찾도록 KBO, 구단, 야구인들이 다시 한 번 구두끈을 동여매고 많은 팬들이 야구장을 찾아오도록 노력해야 할 때가 아닌가 싶다. 세상에 영원한 것은 없지 않은가.

프로는 돈이다

프로야구 출범 이야기에서 언급했듯, 1981년 출범 작업이 진행될 때 '과연 성공할 수 있을까?'에 대해 의문 부호를 단 사람들이 많았다. 실제로 1982년 세계 야구선수권 대회를 앞두고 대한야구협회를 중심으로 프로야구 출범 주도 세력에 대한 반발기류도 꽤 컸다. 한국 프로야구는 1970년대 절정기를 맞은 고교 야구 붐과 활발하게 활동하던 실업 야구를 바탕으로 출범했다.

1981년 우리 실업 야구는 10개 팀–경리단, 성무, 한일은행, 상업은행, 제일은행, 농협, 포항제철, 롯데, 한전, 한국화장품–이 있었다. 당시 금융권 4팀한일은행, 제일은행, 상업은행, 농협, 일반 기업 4팀포항제철, 롯데, 한전, 한국화장품, 군 2팀경리단(육군), 성무(공군)이다. 실업야구 선수들은 은퇴 후 소속 은행이나 한전 등 직장에서 안정된 생활을 했다. 개인적으로도 은퇴 후 업무 능력을 발휘해 은행 지점장도 배출하던 시기였다. 따라서 1982년 프로야구 출범 때 선수 연봉은 초미의 관심사였다. KBO가 선수들 연봉 가이드라인을 제시했다.

당시 특급 선수는 박철순 1명으로 연봉 2,400만 원, A급 선수들은 연봉 1,800만 원 등이었다. 재미있는 것은 A급 선수 연봉이다. 당시 "프로야구 A급 선수 연봉은 강남 아파트 30평 값은 되어야 하는 것 아니냐?"는 논리가 통했다. 최근 부동산 가격 폭등으로 아파트 가격이 엄청나게 올랐지만 당시에도 아파트가 안정된 생활의 잣대였다.

문제는 연봉 상승 폭만큼 야구 실력도 동반 성장하고 구단의 수지 개선이 이루어지느냐다. 메이저리그가 1976년 자유계약선수(FA)제도를 도입한 후 선수들 연봉이 기하급수적으로 뛰었듯이, 한국 프로야구도 2000년 FA제도 도입 후 연봉이 가파른 상승세를 보이고 있다. 선수 입장에서 보면, 연봉제의 꽃은 FA 제도이다.

KBO 사상 가장 큰 규모의 FA 계약은 2017년 롯데 이대호의 4년 150억 원이다. 그 뒤를 이어 2019년 양의지가 당시 경색된 시장 상황 속에서 NC와 4년 125억 원에 FA 계약을 했다. 2020년 코로나19 여파로 FA 선수들이 예년 같지 않지만, 두산의 허경민은 4+3년 총액 85억 원에 FA 계약을 체결했다.

1980년대에는 연봉 상한선25% 제도가 있었고, 구단과 선수 간 연봉 재계약 과정에서 선수들은 '을'이 될 수밖에 없던 상황을 상기하면 격세지감을 느낀다. 실제로 선동열, 최동원 등 슈퍼스타들은 연봉 재계약 때마다 힘들어 했다. 선동열은 부유한 집안 환경이라 돈 때문에 구단과 싸운다는 이미지를 갖지 않으려 했으나, "내 연봉이 올라가지 않으면 동료들의 연봉은 더 큰 악영향을 받는다"는 생각을 말하기도 했다.

최동원도 구단과의 연봉 재계약 마찰이 잦았다. 요즘처럼 에이전트 제도가 있었더라면 두 선수 모두 더 오랜 선수 생활과 함께 수입이 확대됐을 것이다. 특히 구단과의 마찰 때문에 이뤄졌던 최동원의 트레이드도 없지 않았을까?

그동안 현장에서 선수들로부터 연봉 협상 과정에 대해 가장 많이 들었던 이야기가 있다. 연봉계약 시 "야구 안 하면 뭐 하고 살 거야?"라는 갑질에 가까운 구단의 언어폭력이었다. 선수들은 그 때 가장 분개했다. 심지어 어떤 구단은 구두로는 연봉 인상을 약속해놓고, 다음 해 연봉 협상 테이블에서 "내가 언제 그런 약속을 했나?"라며 오리발을 내미는 경우도 있다고 했다.

"이제부터 연봉 협상 때 녹음을 해놔야겠다"는 선수들의 푸념이 여기저기서 들려왔다. 가장 황당한 것은 구단 담당자가 떠난 후 후임자의 이야기다. "예? 전임자가 그랬나요? 문서화된 것이 있나요? 안 그러면 저도 어쩔 수 없습니다"라고 하면 선수들은 씩씩거리며 문을 박차 나오기 마련이었다.

프로야구 출범 당시 재일동포 장훈 선수가 한국에 와서 선수들을 대상으로 세미나를 한 적이 있다. "프로야구 선수는 야구를 잘해서 운동장에 널려 있는 돈을 많이 가져가는 직업이다"라며 후배들에게 동기 부여를 해주었다. 내가 가끔 중계방송에서 인용하는 말이 있다. '아마추어는 뭉쳐서 이기는 야구이고, 프로는 이기면서 뭉쳐진다.' 돈과 연관이 있는 이야기로, 프로야구 선수는 개개인이 사업자이기 때문이다.

KBO 선수들의 평균 연봉은 1982년 1,215만 원에서 2020년 1억 4,448만 원으로 상승했다. 참고로 1인당 국민총생산GDP은 1982년 1,977달러에서 2020년 31,366달러로 올랐다. 프로야구 출범 후 40년이 지난 요즘은, 구단마다 연봉 산정법을 시스템화, 전산화했으며 선수들도 에이전트 제도 도입으로 각자 선임한 대리인이 관련 자료를 가지고 구단과 연봉 협상을 한다. 이제 구단 간부와 선수들이 직접 만나 얼굴 붉힐 일이 사라진 것이다.

최근 SK를 인수한 SSG 랜더스는 메이저리그 추신수를 영입하면서 역대 최고 연봉인 27억 원에 계약했다. 화끈한 제시액에 추신수가 곧바로 응답한 것을 보면 선수들의 위상도, 구단의 자세도 과거와 크게 달라진 것이 분명하다. '프로는 실력이고, 실력은 돈으로 평가된다'는 평범한 진리가 지속되기 위해서는 선수들은 기량 향상을, 구단은 수익 구조가 개선돼야 프로야구의 호황기가 지속될 것이다.

야구인 단장 시대의 도래

KBO 10구단 단장 중 야구선수 출신은 총 7명이다. 그 중 최고참은 두산의 김태룡 단장2011년 8월부터 재임이 11번째 시즌을 맞이하고 있다. 한화 정민철2019년 10월 8일 단장과, 롯데 성민규2019년 9월 3일 단장이 2021년 두 번째 시즌을 맞이하는 등 다양해졌다.

7명의 단장 중 투수 출신은 KIA 조계현2018년, LG 차명석2019년, 한화 정민철, 키움 고형욱2021년까지 총 4명이고, 야수 출신은 두산 김태룡, KT 이숭용2019년, 롯데 성민규까지 총 3명이다.

세계 프로야구 3대 강국인 한·미·일은 시장 규모면에서 큰 차이가 나고, 역사의 차이도 크다. KBO 리그는 1982년 출범 때 그룹 오너의 출신 지역을 중심으로 편성됐다. 국가 주도로 프로야구가 탄생했기 때문이다. 홍보비를 쓸 수 있는 기업이 아니고서는 회계상 적자 구조일 수밖에 없는 프로야구단 운영이었다.

지난 40년을 돌이켜 보면, 대기업의 운영이 아니었다면 구단의 연습장 확보, 1군 사용 구장의 시설 보완, 매년 적자 운영의 한계를 극복하지 못했을 것이다. 특히 시설과 인프라를 살펴보면, 2군 훈련장 확보가 얼마나 어려운지를 직접 현장에서 목격했다. 제9구단 NC는 당초 경남 고성에, 제10구단 KT는 경기도 여주에 큰 규모의 2군 훈련장을 자체 건립하려 했지만 모두 무산됐다. 야구장 건립과 관련한 인허가 사항, 토지 매입, 시설비 등이 꼬여 큰 액수가 투자될 수밖에 없었기 때문이다. 히어로즈가 야구단 자체 연습장 건립을 한 차례도 하지 못하고, 전남 강진군2010~2013년, 경기도 화성시2014~2018년, 경기도 고양시2019년~에 2군 연습장을 이동하면서 자리하는 걸 보면 알 수 있다. KT 역시 전북 익산시에 2군 연습장이 있다.

이처럼 야구단 운영은 미국이나 일본처럼 자리가 잡히고 시스템이 구축된 나라와 달리, KBO 리그는 재벌그룹 의존도가 높을 수밖에 없는 구조다. 따라서 구단 창단 시부터 사장·단장은 그룹에 속해 있는 계열사의 임직원 중에서 임명되는 구조였다.

프로야구 초기에 MBC 청룡의 한 고위 인사가 훈련장을 방문해서 "왜 타격 연습을 홈런만 치려고 하느냐? 외야수와 내야수 사이에 떨어지는 타격 연습을 해야 하지 않느냐?"라고 했다는 웃픈 이야기도 그런 배경에서 나왔다. 또 어떤 단장은 "투수 1명이 매 경기 1회씩만 계속 던지면 좋은 것 아닙니까?"라는 주문을 하기도 했다. 야구기자 출신인 노진호 삼성 단장1983년 4월 27일~1983년 11월은 광주 원정

경기에서 해태에 패하자 이충남 감독 대행에게 "선수들에게 밥 먹기 전에 스윙 연습을 시켜라"고 지시했다. 이 감독 대행은 그러한 단장의 말을 그대로 따랐다. 그러고는 구단 관계자에게 "금년 시즌만 마치고 그만두겠다"고 통보했다. 일본 프로야구까지 경험했던 재일동포 야구인으로서 이러한 문화에 큰 충격을 받았던 것이다.

그러나 노 단장이 이충남 감독 대행에 대해 잘 몰랐던 것이 있다. 그는 구단주 이건희 회장이 일본 야구의 전설 나가시마 시게오에게 특별히 부탁해 모셔온(?) 사람이었던 것이다. 결국 노 단장은 7개월 만에 단장직에서 먼저 물러났다.

위의 사례는 그나마 세상에 알려진 대표적 사례일 뿐이다. 각 구단마다 사장과 단장이 중심이 된 프런트와 감독 중심의 선수단의 마찰은 끊임없이 계속돼 왔고, 현재도 진행 중이다. 그룹 출신의 사장·단장들은 그들이 속했던 세계와 전혀 다른 세계인 프로야구계를 이해하기 어려웠거나, 이를 이해할 만하면 교체되는 일들이 반복됐다.

현장과 프런트의 엇박자가 있었던 대표적인 인물은 김성근 감독이다. 프런트와의 이견 조율이 안 되거나, 자신이 옳다고 생각하는데 이들 간에 뜻이 안 맞으면 불협화음이 튀어나왔다.

현역 중 최장수 단장직을 수행하고 있는 두산 김태룡 단장은 부산고, 동아대 2학년까지 야구 선수로 활동했다. 그러나 어깨 부상으로 선수 생활을 마쳤다. 그러나 동아대 강병철 감독의 도움으로 3~4학년 때 야구부 매니저 겸 훈련 보조로 활동하며 대학을 졸업했다. 이후 1983년 롯데 프런트로 입사해 7년간 일했고, 퇴사 후 고교 1년 선배와 함께 무역업을 하다 1990년 7월 21일 OB베어스에 입사하고, 이후 운영부장 등을 거쳐 2011년 8월부터 단장 직을 수행하며 두산을 명문 구단으로 만드는 데 일등 공신 역할을 했다. 그는 가장 성공한 야구인 출신 단장으로 꼽힌다.

박정원 구단주가 취임한 해, 나는 그와 티타임을 가진 적이 있다. 박 구단주는 "위원님, 구단 운영에 대한 조언을 부탁합니다"라고 물었다. 이에 나는 "구단의 사장과 단장은 본인이 사고를 치지 않는 한 자주 바꾸지 마십시오. 야구단은 특수한 곳입니다. 사장과 단장은 5년 정도 지나고 나야 전반적인 구단 운영에 감을 잡을 수 있습니다. 그러니 오래 할수록 타 구단에 비해 장점이 많을 겁니다"라고 답했다.

두산은 1982년 프로야구 출범 시부터 시작한 구단 중 오너가 자주 바뀌지 않는 3개 구단롯데, 삼성 중 하나다. 그리고 두산은 39년 동안 6명의 단장이 있었다. 반면 LG의 경우 단장이 MBC 청룡1982~1989년 시절 4명을 포함해 LG1990~2020년로 재창단 후 11명째이고, 삼성은 13명, 롯데의 경우 11명째다.

두산이 '화수분 야구'로 불리는 데는 여러 이유가 있겠지만 야구 전문가들이 구단 수뇌부에 포진돼 있는 것도 하나의 이유일 것이다. 또한 두산은 9대 전풍 사장2017년 7월 3일부터이, 삼성은 14대 원기찬 사장이, 롯데는 13대 이석환 사장이 2021 시즌을 맞는다.

선수 출신들은 마케팅, 영업, 재무, 회계 등에 전문성이 결여될 수밖에 없다. 그럼에도 불구하고 선수 출신들이 단장으로 선임되는 배경에는 이제야 구단이 선수단 운영의 특수성을 이해하기 시작한 결과로 본다.

야구인 최초의 단장은 1982년 말부터 삼성에서 근무한 김삼용 씨다. 그는 국가대표 경력의 실업야구 선수 출신이었지만 1년을 채우지 못하고 1983년 4월 27일에 짧은 단장직을 끝냈다. 그리고 1983년 롯데 박종환 단장 역시 실업야구 출신으로, 프로야구 출범에 기여했다.

2018년부터 증가세에 있는 프로야구 선수 출신 단장들은 선수 트레이드, 스카웃, 선수단과의 소통 등에서 장점을 보이고 있다. 특히 SSG의 민경삼 사장2020년 10월 14일 선임은 프로야구 선수와 단장을 거쳐 사장 자리에 오른 첫 번째 인물이다. 2020시즌 부진했던 SK가 새 구단 SSG의 첫 시즌을 맞아 첫 프로야구인 출신 사장의 리더십 아래 어떤 결과를 낳을지 관심을 모은다.

프로 야구가
진정한 산업이 되려면

2021년 1월 25일 월요일. 유튜브 채널 '구독 허구연'의 라이브 방송 때 당황스러운 일이 발생했다. 실시간으로 진행되는 팬과의 대화 도중 SK 구단 매각이라는 특급 뉴스가 팬으로부터 나왔다. 방송 말미인 오후 1시쯤에는 '이마트가 SK 와이번스를 인수한다'는 핵폭탄급 댓글이 나왔다. 당황스러웠다. 제작진에게 "이마트가 신세계그룹 맞지요?"라고 물어봤고, 순간 멈칫한 나의 표정을 읽고서 인터넷 상에서는 사전 인지 여부를 두고 여러 이야기가 오갔다.

프로그램이 끝난 후 신세계 관계자에게 "극비 사항일 텐데 어떻게 노출되었을까요?"라고 물었더니 "아마 프로젝트 진행 중, 외부 인사를 통해서 나간 것 같습니다"라고 했다. 그날 이후 실제 메가톤 급 뉴스가 야구계를 강타했고, 그 기사는 야구 담당기자가 아닌 『조선일보』 경제부 기자가 특종을 했다. 신세계 그룹의 야구단 인수 시도는 2020년 시즌 중 계속 진행됐고, SK 와이번스 외에도 두산 베어스 등과 접촉이 있었던 걸로 안다.

신세계그룹의 SK 와이번스 인수가 갖는 의미는 매우 크다. 재력이 탄탄한 SK의 야구단 매각은 여러 이유가 있다는 반증이다. 실제로 글로벌 경쟁 기업들은 국내 스포츠 투자보다 메이저리그, 프리미어리그, 호주 테니스 등에 눈을 돌린 지 오래다. 글로벌 기업들은 해외 영업에 신경을 쓰고 있는데 반해 KBO 리그의 만성 적자, 선수단의 추문 기사, 간혹 정치권까지 동원되는 구단 인사에 관한 청탁 등이 그룹에게 부담으로 작용할 것이다. SK의 경우는 예외이지만 만일 야구를 좋아하지 않는 구단주에게는 그만큼 매력이 반감될 수 있을 것이다. 따라서 프로 스포츠 답게 산업화가 동반되어야 할 것이다.

프로야구는 1982년 원년부터 지난 40년간 대기업들의 투자가 있었기에 현 수준까지 왔다. 특히, 시설 투자가 이루어져 2군 훈련장을 갖춘 구단이 대부분인 것은 높게 평가받아야 할 것이다. 그러나 1982년과 2020년은 한 시즌 경기 수(1982년 80경기 → 2020년 144경기), 국민 소득(1인당 GDP 1982년 1,977$→ 2020년 31,366$), 관중 수(총 관중 1982년 143만여 명 → 2019년 728만여 명, 2020년 코로나19로 인해 관중 입장 제한), 전 경기 TV중계 등 환경이 크게 바뀌었다. 한마디로 신세계그룹의 SK구단 인수는 바뀐 환경과 시대적 변화에 제대로 대처하지 못하고 있는 국내 프로스포츠계가 딜레마에 빠져있음을 보여준 한 예이기도 하다.

2021년 4월 4일 홈 개막전에서 SSG가 창단 후 첫 승을 올렸다. 가운데가 추신수 선수다.

나는 줄곧 "프로 구단은 산업으로 접근해야 한다. 만성적인 적자 구조는 언젠가 구단들이 손을 떼거나 소극적인 운영으로 실업야구와 가까워 질 수도 있다"고 강조해 왔다. SSG 진입은 구단이 자생하지 못하거나 구단의 가치가 기대 이하로 계속되면 또 다른 구단의 매각이 있을 수 있으며 다른 종목도 그럴 수 있다는 것을 암시한다. 한편으로 SSG 진입이 프로 스포츠의 전환점이 될 수도 있기에 SSG의 행보에 관심이 쏠린다.

이쯤에서 팬들이 갖는 의문이 있을 것이다. '그러면 기존 구단들은 그동안 뭘 하고 있었나?'라고 반문할 수 있다. 그러나 프로 구단들의 만성적인 적자운영 속내를 들여다보면 지자체, 정부당국의 조례·규정 등이 산업화를 막고 있다. 지친 구단들도 거의 체념 상태에서 관행에 따라 운영을 하고 있다.

그런 점에서 서울시는 무거운 책임감을 느껴야 할 것이다. 잠실구장을 사용하는 LG·두산의 경우는 프로구단 운영에 큰 걸림돌이다. 2020년 잠실구장 광고권이 좋은 예다. 광고수입 172.9억 원 중 LG·두산에 약 22.7억 원씩 배분되고 나머지 127.5억 원은 서울시가 가져간다(2020년 코로나19로 인해 금액 조정 예정). 야구장의 광고는 두 구단이 있기에 가능한데도 막무가내다. 서울시는 잠실야구장의 근본적인 문제 해결을 아직도 안 하고 있다. 잠실구장 원정팀은 아직도 선수들의 가방을 복도에 놓아 두고 있다. 제대로 된 라커룸조차 없다. 이를 두고 어찌 프로야구장 시설이라고 할 수 있을까?

최근에 수원·창원·대구·광주·인천 등이 구단 수익구조 개선에 진전을 보였다. 그러나 서울시만 요지부동이다. 구단들의 수입 중 반 정도가 그룹사의 협찬 광고 수입에 의존하는 것을 감안하면 구단의 고충을 알 수 있다. 국내 최고의 인기 스포츠인 프로 야구의 자생력이 이 정도면 축구·농구·배구는 더 어려울 것이다.

SSG의 SK 인수로 프로 스포츠의 산업화가 더욱 진전되는 전환점이 되기를 기대해본다.

EPILOGUE

위기 속에서도 다시 한 번 도약하기를

지난겨울 2개월여 자료를 수집하고, 원고를 쓰고, 오래된 사진들을 정리하면서 탈고를 마친 순간, 연속 10경기를 중계 방송한 느낌이 들었다. 매년 2~3월이면 MLB, 국내 캠프장 방문과 시범경기, 4월 시즌 준비로 이어지던 수년간의 루틴이 금년엔 달라지고 말았다. 코로나19 팬데믹 여파로 미국 방문이 어려워지면서 예년처럼 미국 애리조나, 플로리다에서 40~50일간 메이저리그를 취재하는 대신, 지난 한국 프로야구 40년 역사를 숨 가쁘게 가로지르며 내 야구 인생도 함께 되돌아보는 시간을 가졌다.

원고를 쓰는 동안 SK의 구단 매각과 신세계 그룹의 프로야구계 진입이라는 메가톤급 뉴스도 있었다. 분명히 40주년을 맞는 프로야

구는 전환점을 지나고 있으며, 앞으로 야구계가 어떻게 대처하느냐가 매우 중요해진 것이다.

이 책을 쓰면서 가장 오랜 시간 고심한 부문이 "한국 최고를 가린다"는 대목이었다. 탁월하고 좋은 선수들이 많았던 40년을 통틀어 포지션 별로 최고를 선정하는 것은 역시나 쉽지 않았다. 따라서 "내가 만일 국가대표팀 감독이라면 그간 활약한 멤버 중 누구를 기용했을까?"에 초점을 맞추고 선수들을 선정해 보았다. 보는 시각과 평가 기준에 따라 다를 수 있기에 팬들의 반응도 다양할 것 같다. 야구는 대표적인 기록의 스포츠이기도 하지만 기록만으로 측정, 평가할 수 없는 부분도 상당히 많다. 최고 선수 선정 기준에 그런 점도 감안했다.

최근 국내 야구계는 위기감을 느끼지 않을 수 없는 상황이어서 우려가 크다. 씨를 뿌리는 사람은 줄어들고, 수확만 하려드는 사람들이 늘어나는 추세이기 때문이다. 프로야구 출범 이야기에 언급된 것처럼 미래가 불확실한 가운데 프로야구가 출발했지만, 수많은 역경 속에서도 열정적으로 힘을 쏟아부은 선배 야구 선수들과 열렬한 팬들에 대한 고마움을 야구계가 되새기며, 다시 한 번 도약의 전환점을 맞이해야 할 것이다. 이 책이 그런 면에서 조금이나마 도움이 되었으면 하는 바람이다.

이 책이 나올 즈음, 싱그러운 봄날 그라운드에서 만날 선수들을 생각하면 벌써 마음이 설렌다. 올해는 또 어떤 드라마가 펼쳐질지 기대된다. 출간을 위해 함께 애쓴 성백유 기자와 KSN 가족들에게도 고마운 마음을 전한다.